# ラットマン

道尾秀介

光文社

# 目次

プロローグ　5
第一章　16
第二章　96
第三章　150
第四章　226
第五章　269
終章　294
エピローグ　315
解説　大沢在昌《おおさわありまさ》　327

「今日ばかりは乗りたくないんだよ、本当はね。情けないことだとは思うが」
「お察しします、社長。しかしまさか、五十階から一階まで階段で下りるというわけにも」
「おっと、来ましたよ。さ、社長どうぞ、専務も――」

50

「……十五年か。早いもんだ。私も歳をとるはずだよ……」

49

「……いやいや社長はまだまだお若いですよ。なあ野際《のぎわ》くん?……」

48

「……社長にはこれからもどんどん頑張っていただかないと……」

47

「……あいつが生きていれば、今日でもう三十五歳になるんだなァ……」

46
「……ご存命であれば、立派に社長のお仕事をお継ぎになっておられたことと……」

45
「……あのときは私も専務も、残念で残念で……」

44
「……しかし、このエレベーターがねえ。私はいまだに信じられんよ……」

43
「……うちの製品での事故は、あれが最初で最後でした……」

42
「……当社のエレベーターにかぎって、まさかあんな……」

41
「……何でまた、安全装置が作動しなかったものかなァ……」

40
「……明らかな人為ミスだったようですが、いまとなっては……」

39
「……事故の責任は、けっきょく追及しきれませんでした……」

38

「……騒ぎを小さく収めようとした私の責任もある。あの事故は、大っぴらには……」

37

「……自社ビルでの、自社製品の事故でしたから……」

36

「……あの頃は、事業拡大計画の真っ最中でしたし……」

35

「……怖かったろうなァ。最上階から一番下まで……」

34

「……五十階からお乗りになって、すぐのことだったようですからね……」

33

「……ご自分の将来の仕事場を、見学にいらしていたというのに……」

32

「……いまだにあいつの夢を見る。夢を見て、飛び起きる……」

31

「……私には子供はおりませんが、お察しします……」

30

「私はここで降りるよ」

「あ、社長はこれからまだお仕事を？」

「ちょっとした書類整理だけなんだがな」

「では、申し訳ありませんが、我々はこのまま失礼させていただきます」

「遅くまで、ご苦労さん……ああ、そういえば」

「何か？」

「このエレベーターについて、きみたち、近頃おかしな噂を聞かないか？」

「噂？　私は何も聞いておりませんが……野際くんはどうだ？」

「いえ、私もとくには。あの、噂といいますと、どのような？」

「このエレベーターに、どうも……出るらしいんだよ」

「出る、というのは……つまり、出るわけで？」

「そういうことだ。若い男が、いつのまにかいっしょに乗っているらしい」

「若い男……」

「しかもその男というのがな、よく似ているらしいんだ。ちょうど二十歳くらいで……それからほら、あいつ、あの頃髪を伸ばしていただろう？」

「ええ、たしかに、肩の辺りまで……」

「そんな若い男が、いっしょに乗っているらしい。気がつくとな」

「ははあ……しかし、それは故人に対しても社長に対しても、失礼な話ですよねえ」

「まったくですよ。早急に噂の出所を追及する必要があります」

「アッハハ……まあいいじゃないか。あいつのことを憶えてくれている社員が、まだいるという証拠でもあるんだから」

「まあ、それはそうかもしれませんが……」

「しかし、もし本当に出てきてくれるのなら……私は嬉しいなァ」

「そりゃあ私もですよ。なんたって十五年ぶりにお会いできるんですから。なあ、野際くん?」

「そうですよ、嬉しいですよ」

「あいつに会ったら、私は、頭を下げて詫《わ》びなきゃならん」

「どうしてです? あれは事故だったじゃないですか。こんな言い方はあまりしたくありませんが、機械に事故はつきものです。仕方のないことだったんですよ」

「そう言うがねェ……なんだか、私が殺してしまったんじゃないかという気がしてな。私と、私の創《つく》ったこの会社が」

「そんなことおっしゃらないでください、社長」

「そうですよ。亡きご子息のためにも、この会社をこれからもっともっと大きくしていきましょう」

「もっともっと大きくか……」

「いつか、日本中のビルというビルに、当社のエレベーターを設置するんです」

「そう遠い未来のことではありません。今月だけでも、三件の大型受注がありました」

「しかし、私ももう若くはないしなァ。あとはきみたち二人の手腕いかんかもしれん」

「その点は、是非ともご信頼いただきたく思います」

「我々はきっと、社長の夢を実現してみせますとも」

「ありがとう。頼りにしているよ……じゃ、ご苦労さん」

「お疲れさまです」

「お疲れさまです」

「エレベーターの中で、もしあいつに会ったら、ひとつ、拝んでやってくれ」

「やめてくださいよ社長、こんな夜中に……」

「怖いか？」

「いえあの、怖いというわけでは……そうですね、もしお会いできたら、我々からも頭を下げさせていただきます」

「頭を下げる必要は、なかったんじゃないのかね？」

「え？　ああいや……はい、そのとおりです」

「ハハハハハ、びくびくするな。幽霊なんて出やしない。人間、死んでしまったら、それきりだ。じゃ、私はこれで」
「お疲れさまです」
「お疲れさまです」

30

「社長もまったく……どういうつもりなんだか。気味が悪いったらない。なにもこんな夜中に、あんなに鬱々《うつうつ》とした顔で語らなくてもいいだろうに。まあ、顔はもともとだが」

29

「私たち二人とエレベーターを前にして語ったというのは、偶然とはいえ恐ろしいことですよね。もっとも社長自身はその恐ろしさには気づいてもいないようでしたが」

28

「しかし野際くん、嫌な噂が立つもんだな。あんな話、私は一度も聞いたことがなかったぞ。いったい誰が言い出したんだろうか、エレベーターの幽霊だなんて」

27

「私も初耳でした。まあ、どうせ仕事もせずに口ばかり動かしている若手社員どもが、面白半分に思いついた戯言《ざれごと》でしょう。気にすることはありませんよ」

26

「そういう連中は、早いとこ見つけ出して切るべきだな。不利益の種でしかない……それにしても、おい。久々だったな。あの息子の話が出るなんて」

25

「社長からは滅多に口にしませんからね、息子のことは。まあ、あれだけ心身ともにガタついた老人にとっては、辛すぎる思い出なのでしょうが」

24

「しかし、どうするね、野際くん？　もしも本当に、いまこのエレベーターの中で、あの息子と十五年ぶりの対面をしてしまったとしたら」

23

「私は、そうですねえ……まあ、一度、きちんと本人に礼を言わせていただきますよ。あんなに簡単に殺されてくれてありがとう、と」

22

「言ってみれば、あの息子は我々の恩人だからな。彼が死んでくれたおかげで、私もきみもいまの立場を手に入れることができた」

21

「ええ。当時社長は、重要な仕事をすべて自分の息子に預けてしまうつもりでしたからね。仕事のいろはも知らない若者に」

20 「どうにか彼がまだ学生のうちに、いなくなってくれなけりゃならなかったんだ。あれは、会社のためでもあった」

19 「それにしても専務、少々気になったのですが、さっきの社長は、どこか様子が変ではなかったですか？」

18 「私はべつに何とも思わなかったがな。あの男は昔から、どこかおかしいところがあるじゃないか」

17 「まあ、そうですね。何を考えているかわからないというか。ん、どうかされましたか？」

16 「ああ、いやべつに何でもない。何でもないんだが……あれ？　おい、これ」

15 「専務、どうしたんです？　なんだか顔色がずいぶんお悪いのでは？」

14 「しっ、ちょっと黙っててくれ……おかしいんだ。何かおかしい」

13

「おかしい？　ああ、そう言われれば、いつもと違うような」

12

「揺れすぎだと思わないか？　揺れすぎだし、それに」

11

「それに何だか、やけに風の音がしますよね」

10

「おい、速いんだ！　降下が速すぎる！」

9

「落ちてます、専務、落ちてます！」

8

「畜生あいつだ、あのじじい！」

7

「専務、早く停止レバー！」

6

「駄目だ、きかない！」

5

「死にたくない！」

4

「私だって！」

3

「僕もだよ」

2

「え…」

1

# 第一章

その箱だけはやめときな
入ったが最後　あんたにはもう
上も下もなくなっちまうんだ
それでもいいなら
さあ　ボタンを押せよ

——Sundowner "They Love That Box"

## （1）

「——で？」

ｉＰｏｄのイヤホンを左右の耳から抜き取り、姫川亮《ひめかわりょう》は顔を上げた。

練習を終えたらしい別のバンドが、奥のブースから賑《にぎ》やかな声を交わしながら出てくる。まだ高校生くらいだろうか。男の子が三人と、女の子が一人。ショートカットで小柄なあの少女は、楽器ケースもドラムスティックも持っていないところを見ると、きっとヴォーカルなのだろう。幼いミュージシャンたちは口々にカウンターに向かって挨拶をし、待合いスペースのテーブルを囲んだ姫川たちの脇を過ぎていった。バンドの練習を終えたあとの独特のテンションが、出口の外へと消えていく。

「で……って？」

テーブル越しに身を乗り出し、じっと姫川の感想を待っていた竹内耕太《たけうちこうた》の顔からは、それまでのわくわくした表情が消えていた。

「これをどうするんだ？」

姫川はｉＰｏｄをテーブルの上に滑らせて竹内に返す。

「だから、今度のライブで曲の前に流すんだよ。“Toys in the Attic”の前に」

“Toys in the Attic”はエアロスミスが75年にリリースしたアルバムに入っている、ハードロックの名曲だ。この曲が収録されたレコードによって、彼らは全米にその名を轟かせることになった。75年というのが自分たちの生まれた年であることに、バンド結成当時高校生だった姫川たちは青臭い符合を感じ、ライブの最後には必ずこの曲を演奏しようと決めたのだ。その取り決めは、それぞれが社会人となり、練習やライブがほとんど惰性となってしまったいまでもまだつづいている。

「どうして流すんだ？」

「だから――」

言いかけて、竹内は隣に座った谷尾瑛士《たにおえいじ》に顔を向けて苦笑する。谷尾もまた同じような顔をして、コートのポケットからマイルドセブンを取り出した。彼の前の灰皿ではすでに六本のマイルドセブンが灰になっている。三十分で六本。普段事務仕事をしているくせに、肌が浅黒いのは、もしかしたら体内からニコチンが染み出しているのだろうか。谷尾とは十四年来の付き合いで、彼が煙草を吸うのも十四年間見てきたのだが、姫川はいまさらながらそんなことを思った。

「まあいいや、お前が人の話を聞いてないのは、いまにはじまったことじゃないからな」

竹内が、谷尾とは対照的な、白くて整った顔を姫川に戻す。彼とももう十四年来の付き合いだ。三人は高校時代の同級生で、今年で揃って三十になった。

「もう一度説明すると、要するにこういうことだ。あの曲、サビの部分のコーラスが**"Toys, toys, toys in the attic"**だろ? それを**"Thing, thing, thing in the attic"**に変えて歌う。で、曲の前に、いまお前が聴いたこの『シング・イン・ジ・エレベーター』を流すってわけだ」

「まだ全然わからないぞ」

姫川は正直に言葉を返した。

『シング・イン・ジ・エレベーター』というのは、たったいま姫川が聴かされた、竹内の「作品」のことだ。彼は自宅でMTRを駆使して、しょっちゅうこういった作品をつくってきては、バンドのメンバーである姫川や谷尾に聴かせる。MTR（**Multi Track Recorder**）は多重録音をする機械で、いくつかのトラックに個別に音を入れ、あとで同時に再生することができる。たとえばドラム、ベース、ギター、ヴォーカルを別々に録音し、まとめて再生すれば、バンドで演奏している音を出すことになるわけだ。それが本来の使い方で、竹内ももともとはそのためにMTRを購入したのだが、いつのまにか彼はその機械を使った別の楽しみを見出していた。それがつまり、「作品」づくりなのだった。

いま聴かされたのは、音声変換機を使って声を変えた竹内が、一人で三人分の会話をしているものだった。会話の区切りごとに、50から1までの数字が英語でカウントされ、そのペースがだんだんと速くなっていく。最後のオチは、よくわからなかったが、きっとエレベーターに社長の死んだ息子が乗っていたというものなのだろう。

「俺が説明しよう。竹内の早口じゃ、亮には伝わらねえだろ」

谷尾は煙を吐きながら笑い、卓上の灰皿に灰を落とした。

「まず亮は、**“Thing in the attic”**って言葉を知らねえんだと思うぞ。な、そうだろ？」

「知らない。屋根裏のモノ……じゃないのか？」

「まあ直訳すればそういうことなんだけどな。じつはこれ、ホラーとかミステリーのテーマの一つなんだ。ある場所で、どっかに何かが隠れていて、それがストーリーのキモになっているっていうな。必ずしもそれが屋根裏に隠れてなきゃならないわけじゃねえが――まあとにかく、どっかに何かが潜んでいるわけだ」

「『13日の金曜日』なんかのことか？」

姫川が訊《き》くと、谷尾は「そうそうそうそう」と嬉しげにうなずいた。

「あの映画のストーリーも、このテーマの中に入ってくる。で、竹内のつくった『シング・イン・ジ・エレベーター』もまた然《しか》り。だから竹内は“**Toys in the attic**”の歌詞を“**Thing in the attic**”に変えた上で、曲の前に自分の作品を流そうと言ってるんだ」

「でも――」

なんとなく意味はわかるのだが。

「そもそもどうしてそんなことをする必要があるんだ？」

「どうしてって、そりゃまあ――」

谷尾は口許《くちもと》に煙草を持っていったまま、しばし思案した。それから竹内に顔を向けて訊く。

「どうしてなんだ？」

「ただの洒落だよ。“**Toys in the attic**”と“**Thing in the attic**”でフレーズが似てるから、ちょっと思いついただけだ。サビの“**toys**”を“**thing**”に変えたら面白いかなって。そしたら、たまたま最近つくったこの『シング・イン・ジ・エレベーター』のことを思い出して、これを曲の前に流せば、雰囲気も出るし、曲に入るカウントにもなると思ったんだ。最後の3、2、1で、ガツンと曲をはじめるわけ」

竹内は勢いよくマイクを握る仕草をしてみせる。谷尾は「ああ」と納得げにうなずいたが、竹内の説明に拍子抜けしているのは明らかだった。

姫川は、一応、数秒ほど考え込むような間を置いてから言った。

「やめといたほうがいいんじゃないか？　サビの出だしが**“thing”**じゃ声のパンチが弱くなるし、だいたいそこだけ歌詞を変えたら前後と意味がつながらない」

「もともとあの曲の歌詞に、意味なんてほとんどないだろ」

竹内はマイクを握った格好のまま、早口で**“Toys in the attic”**の歌詞を口ずさんだ。

高校時代から英語の歌を歌いつづけてきたので、発音だけはいい。大学に進学し、本格的に英語の勉強をして、英会話が役に立つ仕事にでも就《つ》けばよかったのにと姫川はいつも思う。頭の悪い男ではない。父親が第一線で活躍する翻訳家、母親が大学講師という家庭に生まれた竹内には、優秀な脳味噌と、それを育てるのに必要な金もあったはずだ。実際、彼の姉は神奈川で現職の精神科医をやっている。しかし弟の竹内のほうは、家族の期待も、用意されていた金も裏切って、高校卒業後フリーターとなった。

そして、なったままでいる。

**Toys, toys, toys in the attic**
**Toys, toys, toys in the attic**

もっとも姫川にしてみても、他人のことをとやかく言えるほど大した人生を歩んでいるわけではなかった。高校卒業以来十二年間、ただひたすら苦手な愛想を振りまき、自社で扱うハムやサラミを飲食店の経営者に薦《すす》めて回る毎日だ。ワイシャツの襟元は、どれも垢で黒ずんでいるし、上司に怒鳴られつづけてきたせいか、昔よりも少し猫背になった気がする。本当は、大学へ行きたかった。しかしそれは母子家庭ではなかなか難しいことだった。だからこそ姫川は、竹内の生き方をもったいなく思ってしまうのだ。

「やっぱり、やめとこう」

一番の歌詞が終わったところで、姫川は言葉を挿《はさ》んだ。

「あの曲は、できればいつもどおり普通にやりたい。十四年間、ずっとそうだったからな。高校時代の文化祭でも、定期ライブでも、卒業してからの『グッドマン』のライブでも」

グッドマンは、姫川たちが年に二回ほどステージで演奏させてもらっている場所で、大宮《おおみや》駅近くの地下にある小さなライブハウスだった。

「まあ……それはそうなんだけどさ」

竹内はしばらくのあいだ不平そうに唇を曲げ、卓上のｉＰｏｄを見下ろしていたが、やがて軽い鼻息を洩《も》らしてうなずいた。

「わかった。じゃ、そうしよう」

ライブ前になると、竹内はきまってあれこれと自分の思いつきを提案してくるのだが、大抵の場合、今回のように姫川や谷尾にあえなく却下されてしまうのだった。

谷尾が灰皿に煙草を押しつけながら言う。

「お前の新作は、ライブ開始前にでも客席のスピーカーに流してもらおう。まったく日の目を見ねえってのも、もったいないからな。わりかし面白いと思ったぞ、今回のは」

「そりゃどうも」

竹内は曖昧《あいまい》に首を振った。演奏開始前のライブハウスはざわついていて、スピーカーから流れてくる「作品」をじっくり聴いてくれる客などほぼ皆無であることを、竹内も十分に知っているのだ。とくに姫川たちのバンドはコピーバンドに毛が生えたようなものなので、演奏を聴きに来てくれる客はほとんどがメンバーの知り合いか、その知り合いだ。演奏開始前は、それぞれのお喋《しゃべ》りに余念がないのが通例だった。

「しかし、竹内。音声変換機ってのは大したもんだな。全然違った声に――あ、くそ、折れてやがる」

谷尾はマイルドセブンの箱を覗き込んでグシャリと握りつぶした。

「そりゃそうだ。そのへんで売ってる安いボイスチェンジャーとはモノが違うからな」

竹内は得意げに笑う。

「声を高くしたり低くしたりするだけじゃなくて、ちゃんと人間らしい声のまま声質を変えてくれる。女の声だって出せるぞ、やろうと思えば」

「お前それ、くれぐれも犯罪なんかに使うなよ。最近じゃそういった機械を利用して、ペーパーカンパニーで一人二役やったりすることもあるらしいからな」

「そんなことに興味はないよ。お前の親父さんに捕まっちまう」

谷尾の父親は都内の所轄署で現職の刑事をやっている。父親の影響なのか、谷尾の見た目や物腰には、どこかその方面の人間っぽいところがあった。知らない人が犯罪現場で彼を見たら、きっと犯人か刑事のどちらかだと思うだろう。しかし彼はいまのところそのどちらでもなく、都内にある商社の総務主任だった。

「野際さん、煙草ある？　マイルドセブン」

谷尾はカウンターのほうへ首を伸ばす。安っぽい受付カウンターの向こうで、このスタジオの経営者である野際が「あるよ」と声を返した。野際は、骸骨に半白の髪を乗せたような風貌の、水分も脂気《あぶらけ》もない人物で、姫川たちとはバンド結成当初からの付き合いだ。

「一箱売ってくれ」

谷尾が財布を持って席を立つ。カウンターでマイルドセブンを売買しながら、野際と谷尾は何かひと言ふた言会話して、互いに低い声で笑い合った。算数の話のようだった。

なんとなく、姫川は脇の壁に立てかけてあった自分のギターに腕を伸ばす。爪の先で六弦を弾《はじ》いてみると、アンプにつないでいないエレキギターは、ぼーんと薄っぺらい音を返した。

まるで自分たちみたいな音だ。

「しかし、遅いな。あと五分でブース入る時間だぜ」

竹内が腕時計を覗き込む。もう午後三時五十五分だった。練習用のブースは四時から借りてある。

「亮、お前の携帯に何か連絡入ってないか？　ドラムがいないと、練習はじめられないぞ」

姫川は携帯電話を取り出して履歴を確認してみたが、メールや電話の着信はなかった。

姫川たちがエアロスミスのコピーバンド『**Sundowner**（サンダウナー）』を結成したのは、高校一年生の夏だった。——当時まだカセットテープしか再生できなかったウォークマンのイヤホンから、いつもシャリシャリとエアロスミスの楽曲を洩らして校内を歩き回っていたひょろ長い男が竹内で、そんな竹内のことがなんとなく気になって、自分も同じバンドが好きなんだと言って近づいていったのが姫川と谷尾だった。姫川はギターをやっていた。谷尾はベースを三本持っていた。竹内は弦楽器に触ったこともなく、ドラムを叩く体力はないと自己申告したが、エアロスミスを原曲のキーですべて歌えた。たちまちバンドを組もうということになった。

——で、ドラムはどうすんだ？——

当時の谷尾は、高校一年生のくせに無精髭を生やしていた。

——学年中探せば、一人くらいいるだろ。やってるやつ——

竹内は白い顔と、さらさらした茶色い髪がトレードマークだった。

――吹奏楽部を覗こう。そこのドラムを勧誘する手もある――

姫川に友だちと呼べる相手ができたのは、そのときが初めてだったかもしれない。小学校時代に自宅で起きた、あの忌《い》まわしい出来事のせいで、姫川は人付き合いに対してどこか尻ごみをしてしまうところがあった。

――バンドやるの？――

声をかけてきたのは、同じ一年生の小野木《おのぎ》ひかりだった。もっともそのときは、三人とも彼女の名前など知らなかった。姫川も谷尾も竹内も、ひかりとはクラスが違っていたのだ。ひかりは髪が黒く、化粧はしておらず、制服のスカートも特別短いわけではなかった。しかし声をかけられた三人は同時にはっとした。

とても美人だったのだ。

――エアロのドラム、あたし叩けるけど――

十四年前、こうして四人編成のコピーバンドは結成された。週に一度ほどのペースで、四人はひかりの知り合いが経営しているスタジオを借り、エアロスミスの曲を練習するようになった。その「知り合い」というのが野際で、「スタジオ」というのが、ここストラト・ガイだ。

姫川は、自分のギターテクニックには多少の自信があった。本来はツインギターのエアロスミスの曲を、上手くギター一本にアレンジして弾くこともできた。それだけに、じつをいうとほかのメンバーたちの実力が心配だった。しかし、このストラト・ガイのブースで最初の音合わせがはじまった瞬間、そんな心配は掻き消えた。竹内はスティーヴン・タイラーのハイトーンを見事に再現してみせたし、谷尾はアドリブのチョッパーを交えたなかなかのテクニックを見せた。何より姫川が驚かされたのは、ひかりの演奏だった。彼女は自前のツイン・ペダルを駆使して両足で力強くバスドラムを踏み、まったく崩れないペースでハイハットを刻み、スネアドラムの強さに緩急をつけることで絶妙なビート感を演出してみせた。そしてリズムの合間に入れる「おかず」では、スティックが見えないくらいの速さでフロントタムからリアタムまでを一気に叩き鳴らした。

　初回の練習で、前もって言い合わせておいたエアロスミスの代表曲“Walk This Way”を演奏し終えたとき、姫川は自分がこの先の高校生活に夢中になることができそうな気がした。竹内と谷尾が同じ気持ちでいたことは、少しにやついた二人の顔を見れば明らかだった。ひかりだけは、曲が終わったあとも苛立たしげな表情でシンバルの位置を調整したりしていて、どんな気分でいるのかはよくわからなかったが、あとで訊いたところによると彼女も悪い感触ではなかったらしい。

　——あたし無愛想だから——

　彼女が無愛想にそう呟いたのを憶えている。

『**Sundowner**』というバンド名を考え出したのは谷尾だった。あの無骨な顔で、気取った英語のバンド名を提案してきたときには姫川も竹内も驚いた。ひかりでさえ、ちょっと目を広げた。

——昨日、英語の時間にぱらぱら教科書捲《めく》ってたらよ、たまたま見つけたんだ——

教室の隅で、谷尾は無精髭を親指で鳴らしながら真剣な表情で姫川たちに言った。

——『サウンドオーナー』ってのは、たぶんあれだろ、『音楽を支配する者』とか、そういう意味だろ——

だからバンド名にちょうどいいのではないかと谷尾は考えたらしい。その説明を聞いた姫川たちは、同時に沈黙した。そしてつぎの瞬間、同時に声を上げて笑い出した。谷尾はぎょっとして首を突き出した。

——駄目か？　バンド名に合わねえか？——

要するに谷尾は、「日没＝**sundown**」から転じて「夕暮れ時の一杯」を意味する「**sundowner**」という単語を、「サンダウナー」ではなく「サウンドオーナー」と発音するのだと思い込み、そこから勝手に「音楽を支配する者」などという意味をひねり出してきたのだった。

苦しそうに笑いながら、竹内が何度もうなずいて谷尾の肩をばんばん叩いていた。

——まあいいや、それにしよう。サンダウナーで決まりだ——

姫川とひかりも賛成した。発想の経緯はともあれ、バンド名としては悪くない気がしたからだ。谷尾は三人が笑った理由がわからず、いつまでも不思議そうな顔をしながら、いやそんなのよりサウンドオーナーのほうがよくねえか、などと言っていた。

それから十二年間、**Sundowner** のメンバーは変わらなかった。ストラト・ガイに集まっては練習を重ね、文化祭やライブハウスで定期的に演奏した。姫川と谷尾がメロディーをつくり、竹内が詩を書いたオリジナル曲もいくつかある。もっともオリジナル曲といっても、自分でも思わず苦笑してしまうほど独創性がなく、エアロスミスを知っている人が聴けばすぐにわかってしまうようなパクリの曲調ばかりだ。ただし竹内の書く詩だけは、姫川は悪くないと思っていた。日本語で歌うのが気恥ずかしいらしく、竹内の書いてくる詩はいつも英語だ。竹内曰く「ただ思いついた言葉を並べているだけ」だというその歌詞は、抽象的な表現が多く、意味をはっきり摑むことができない。しかしなんだか妙な魅力があり、姫川は嫌いではなかった。

高校時代の後半からは、**Sundowner** はエアロスミスのコピーと自分たちのオリジナル曲を半々くらいで演奏するようになった。それぞれが社会人となってからも、頻度は減ったが練習をつづけ、グッドマンで年に二回のライブを行ってきた。

ただ、二年前に、ドラムを叩く人間が代わった。

（2）

「亮、お前、ひかりとは結婚しねえのか？」

谷尾が新しいマイルドセブンの箱を持ってカウンターから戻ってくる。

「何だ、いきなり？」

「いや、いま野際さんが言ってたんだ。そろそろ結婚しねえと、ひかりもアレなんじゃねえかって」

「アレって？」

歳だよ歳、と言いながら谷尾は丸椅子に腰を落とした。

「ひかりだって、もう三十だろ。子供つくるつもりなら、あんまり結婚を引き延ばさねえほうがいいと思うぞ、俺も」

「引き延ばしてるわけじゃない」

姫川は正直に答える。谷尾は煙草を咥《くわ》えながら、ちょっと眉を寄せた。竹内が興味をそそられたように横から首を突き出す。

「なんか、問題あるのか？　もしかして、家族のこととか？」

姫川は返答に詰まった。竹内の質問は、ある意味で的を射ていた。ただしその的のかたちは、竹内の考えているようなものではない。

「ひかりの親父さんが、やっぱり問題なのか?」

「そういうことじゃないんだけどな……」

姫川とひかりが付き合いはじめたのは高校二年生の春だった。姫川は、いまだにひかりしか女性を知らない。ひかりのほうもそうだろうと信じている。谷尾も竹内も、そしてひかりを子供の時分から知っているという野際も、二人がこのまま結婚するものと思い込んでいるようだった。

ひかりの母親は、彼女が中学生のときに離婚して家を出ている。以来彼女は、ジャズドラマーをやっていた父親の手で育てられた。父親は、娘にはドラムを教えるばかりで、私生活には干渉せず、いたるところに女をつくってはその部屋に入り浸り、家にはほとんど帰ってこないような人だったらしい。いまではもう、どこにいるのかもわからない状況だと聞く。野際はその父親と古くからの知り合いなのだが、彼も連絡先は知らないそうだ。

姫川は思う。自分とひかりは、きっと、寂しさが釣り合っていたのだろう。あるいは、傷が釣り合っていた。だから自分は、ひかりを好きになったのだ。

しかしそれは、いまにして思えば、あまりに危うい惹《ひ》かれ方だったのかもしれない。もし彼女とまったく同じ境遇の女性が目の前に現れたとしたら、そちらにも同じだけ惹かれてしまう可能性があるということなのだから。

そして、ひかりには桂《けい》という妹がいた。

――あたし、もうドラムやめようかな――

ひかりがそんなことを言い出したのは、二年前の冬だった。

――どうして？――

姫川が訊くと、ひかりはただ首を横に振り、

――なんとなく――

そう答えた。

姫川や、あとからその話を聞いた竹内や谷尾が、ひかりがドラムをやめることに強く反対しなかったのには、二つの理由がある。一つは、もともとただの趣味でやっていたバンド活動だったこと。もう一つは、彼女が自分の後任を用意していたことだ。

小野木桂――ひかりと同居している、五つ違いの妹だった。

いま姫川たちが到着を待っているのも、ひかりではなく桂なのだ。

桂のドラムのセンスは、姉と同等か、もしかしたらそれ以上で、姫川たちは最初の音合わせのときにすぐさまそのことを認めた。

桂は、驚くほどの美人というわけではない。マネキンのように整ったひかりの面立《おもだ》ちに対し、童顔の愛らしい顔をしていた。身体《からだ》つきも姉のように女性的ではなく、小柄で痩《や》せてい

る。髪型も対照的で、姉のロングヘアに対して、彼女は子供のようなショートカット。しかしその髪型は、いくらか癇性《かんしょう》な彼女の性格や、小さな顎や真っ直ぐな頬に、とてもよく似合っていた。――桂の容姿には、一箇所だけひかりに似たところがあった。それは目だった。大きくて、表面を薄い膜で覆われたような、靄《もや》のかかった目。ほんの少し斜視なのだろうか、危うげな、いつもぼんやりと視点の定まらない目。

「桂ちゃんが来なかったら、ひかりにやってもらおうか。ちょっと叩けば、思い出すだろ」

言いながら、竹内は両手の人差し指でテーブルをトコトコ鳴らす。

二年前に**Sundowner**を抜けて以来、ひかりはここストラト・ガイでスタッフとして働いている。父親の旧友である野際のそばで仕事をしていれば、何かの拍子に父親と連絡が取れるかもしれないと考えたのだそうだ。もっとも、いまのところその期待が報われたという話は聞かない。

「ひかりが来るのは六時だぞ。今日、あいつ遅番らしいから」

姫川が言うと、竹内は振り返って廊下の奥に首を伸ばした。

「あれ、何だ、いまいないの？　俺、奥にでもいるのかと思ってた」

廊下がL字に折れた先には、倉庫やスタッフ用のちょっとした事務室がある。スタッフ用といっても、一時期のバンドブームのときとは違い、昨今こういったバンドスタジオの利用客は減っていて、同じ時間帯に二人以上がそこにいることはないらしい。

「遅番じゃ、練習のあと『舞の屋』にも来られないんだ」

竹内がつまらなそうに言い、姫川はうなずいた。

「シフトは十二時までだって言ってたからな。無理だろ」

ここストラト・ガイで練習を終えたあとは、舞の屋という近くの居酒屋に移動して馬鹿話をするのが恒例だった。ひかりも仕事の終了時間が合うときには途中から合流することが多い。

**Toys, toys, toys in the attic**
**Toys, toys, toys in the attic**

首を揺らしながら、竹内が小声でまた歌う。

そういえば、あの部屋は屋根裏みたいだった——姫川はぼんやりと思い出す。

かつて自分が使っていた部屋。姉が死ぬまで、二人でいっしょに使っていた子供部屋。二階にあった、あの六畳間。斜めの天井。木の床。二段ベッド。壁に貼られたハンプティ・ダンプティの絵。

——お姉さんから、何か聞いてないかな？——

あのときの刑事の声。

――たとえば、家族のこととか――

小学校一年生の姫川に、何度も訊ねていた。

――隠していることが、あるんじゃないのかい？――

いまでも鮮明に憶えている、あの事件。自分と母を孤独に追い込んだあの出来事。

歌詞を変え、竹内がもう一度同じ旋律を口ずさむ。

**Thing, thing, thing in the attic**

**Thing, thing, thing in the attic**

父の頭に入り込んだもの。

父の脳に棲《す》み着いたもの。

「なあ、やっぱり曲の前に俺の作品流そうぜ」

おねだりをする子供のように、竹内が谷尾の肩を揺らした。

「いや、やめとこう。さっき亮が言った通りだ。変なアイデアで十四年の伝統を崩すのはよくねえ」

「伝統なんてあるかよ、たかだか趣味の集まりに」

谷尾も竹内も、あの事件のことは知らない。姫川は二人に打ち明けたことはない。ひかりにも、桂にも話したことはない。姫川の中にある、この黒い渦《うず》の存在に、誰も気づいていない。彼らは姫川のことを、きっと大人しい人間だと思い込んでいるのだろう。ときおり一人で考え事をする癖のある、物静かな人間なのだと。

しかしそれは違う。

沈黙しているとき、姫川は大抵あの事件のことを思っている。自分の中にある、黒々とした渦を睨みつけている。叫び出したい衝動をじっと堪《こら》えながら。

誰も、それを知らない。

（3）

「すいません、遅くなりました」

掠《かす》れた声に振り返ると、マフラーとダウンジャケットに着膨《きぶく》れて、小柄な桂が息を荒《あら》くして立っていた。勢いよく入り口を抜けてきたらしく、彼女の後ろでガラスのスウィング・ドアが大きく揺れている。

「そのドア壊れたら、お姉さんの給料から修理代引いちゃうからね」

カウンターの向こうから、野際がわざとらしい声を投げてきた。桂は野際に向かってちょっと掌を立てると、姫川たちのいる待合いテーブルに近づいてくる。

「すいません、高崎線、人身事故で遅れちゃってて」

「いいよいいよ、間に合ったんだから」

竹内が椅子の上で伸びをしながらひらひらと手を振った。

「むしろ時間ぴったりだ」

谷尾が腕時計を確認する。

桂はまだ息を荒くしたまま、ダウンジャケットの襟《えり》元からマフラーを外した。短い髪の生え際が、マフラーに押さえられていたせいで変なほうを向いている。

「電車、すごい人でしたよ。全然身体《からだ》動かせないの」

桂とひかりの暮らすアパートは、ここ大宮から高崎線で三十分ほど北上した場所にあった。ダイヤが狂ったときの高崎線の上り列車は、相当な乗車率になる。姫川も同じ路線を使っているので、それはよくわかった。

「あれ、お姉ちゃんは？」

桂はカウンターと廊下の奥をきょろきょろと覗いてから、姫川に顔を向ける。

「まだ来てない。あいつ今日、遅番だって言ってたから」

桂は一瞬、ぽかんとした表情を見せたが、すぐに「そっか」とうなずいた。

「さて……んうぅ」

谷尾が年寄りじみた呻《うめ》きを洩らし、ベースのソフトケースを抱え上げた。

「ブース入るぞ。野際さん、じゃ、いまから二時間よろしく」

「あいあい。今日は6番ね」

「了解」

ストラト・ガイには、同じ設備の練習用ブースが全部で八室ある。ブースの利用は時間制になっていて、今日、**Sundowner** は四時から六時まで借りていた。

「桂ちゃん、駅からここまでずっと走ってきたの？」

右手にブースの並ぶ薄暗い廊下を進みながら、竹内が訊く。桂はそれが癖の、手振りたくさんの話し方で答える。

「そうですよ。だって、電車降りたらもう時間ぎりぎりだったんです。昨日の雨で、あちこち水溜まりができてたから、真っ直ぐ走れなくて変に体力使っちゃいました」

そういえば昨日の夜、雨が降っていた。十二月の半ばなので、もしかしたら雪になるかと思っていたのだが、深夜になっても冷たい雨のままだった。

「やっとスタジオの入り口まで来たと思ったら、カマキリ踏みそうになるし」

「カマキリ？　冬のこの時季に？」

「入り口の前の歩道にいたんです。緑色した大きいやつ、いるじゃないですか。あれ」

「勘弁して欲しいな。俺、でかい虫って昔から駄目で――しかし桂ちゃん、そんなへろへろの状態で、ちゃんとドラム叩けるのかよ？」

「竹内さんたちよりずっと若いから大丈夫です」

桂はジーンズの腰につけていた革のスティック・ケースからドラムスティックを抜き出し、二本まとめて指先で器用に回してみせた。

「みんなはもう三十路《みそじ》ですもんね。あたしまだ二十代半ば」

「でも、若いと逆にいろいろ困ることもあるんじゃない？」

「困ることって？」

「たとえば混み合った高崎線の車内で――」

言いながら、竹内は桂のジーンズの後ろに手を伸ばした。その手を素早く摑んだのは谷尾だった。

「おおう、さすが刑事の息子……」

竹内はわざとらしく感心してみせる。谷尾はそれを黙殺し、手を離した。

四人は6番ブースの前に到着する。

桂がブースの防音ドアに手をかけて手前に引いた。ドアは二重になっていて、すぐ内側に同じものがもう一枚ある。桂が内側のドアを押すと、暗いブースの中へ、廊下の空気が音を立てて吸い込まれていった。右側の壁に手を這《は》わせ、桂は電灯のスイッチを入れる。天井の蛍光灯が二、三度瞬《またた》いたあと、ドラムセットとマーシャルアンプを白い光で照らし出した。

べつに取り決めたわけではないのだが、ブースに入った途端、いつも四人はぴたりと黙り込み、それぞれ演奏の準備に取りかかる。金を払って借りている時間を無駄にしたくないという気持ちからなのだが、姫川はこの沈黙にいつも心地よい緊張を感じた。

全員の準備が整ったところで、竹内が桂に顎で合図を送る。桂はくるりとスティックを回すと、乾いた8ビートを叩きはじめた。姫川がそこへギター・リフを併走させ、その上から被《かぶ》せるようにして、本物よりシャウト気味の竹内のヴォーカルが重なり、谷尾のベースが割って入ってくる。エアロスミスの**“Walk This Way”**がはじまるその瞬間、いつもとは違う感覚——周囲の景色がカラーからモノクロに変わったような、不思議な感覚があった。

何だろう、これは。

姫川は戸惑う。

そして、不意に、まるでフラッシュバックのように、姫川の頭の中で二十三年前の冬が再生された。

（4）

あのとき。

姫川は小学校一年生、姉の塔子《とうこ》は三年生だった。

当時、姫川たちは浦和市の郊外で、二階建ての一軒家に暮らしていた。家族は四人。姫川と姉、母の多恵《たえ》、そして悪性の脳腫瘍に侵された父の宗一郎《そういちろう》だった。

すべての物事には原因がある。その原因にも、また別の原因がある。そうやって徐々に因果の川をたどっていくと、やがて「これだ」と思える、物事の水源地めいた場所に到達する。――二十三年前の、あの出来事の原因は、父の脳に棲み着いた忌々《いまいま》しい癌細胞だったのかもしれない。自分の命がまだ何十年もつづく見込みがあるのであれば、父は決してあんなことはしなかっただろう。

いまでも姫川は、そう思う。

見つかった腫瘍の場所が悪く、切除が不可能だと医者に宣告されたとき、父は最期の場所として自宅を選んだ。いまでは在宅ホスピスなどと呼ばれている患者の選択だが、あの頃、そんな呼び方はあったのだろうか。父からも母からも医者からも、そういった言葉を聞いた憶えはない。その単語を姫川が初めて耳にしたのは、父が死んでから六年も経った、中学二年生の春だった。包丁を使っていた母が、過って中指を大きく切り裂き、救急車で運ばれたときのことだ。母に付き添って病院に向かった姫川は、母が治療を受けているあいだ、手持ち無沙汰を紛《まぎ》らわせようと、かつて父が世話になった脳外科病棟の中をうろついていた。すると、そこで懐かしい顔に出会った。痩せた白髪の医者とともに父の在宅医療を担当し、父の最期を看取ってくれた、卑沢《ひざわ》という男の看護師だった。卑沢も姫川のことを懐かしみ、ロビーの自販機でカップのコーヒーをおごってくれた。

──亮くんのお父さんが選んだのは、在宅ホスピスっていう手段だったんだよ──

姫川と並んでコーヒーを飲みながら、卑沢は教えてくれた。

父を看取った当時、卑沢はまだ二十代だった。病院のロビーで会ったあのときは、ちょうどどいまの姫川と同じくらいの歳だったろう。

──じつは僕たち病院側は、あまり賛成できなかったんだ。在宅ホスピスというのは、やっぱり不意のトラブルに対応できないからね──

──じゃあ、どうして？──

──亮くんのお父さんが、どうしてもって頼んだんだよ──

何故《なぜ》、父はそうしたのだろう。そのときの姫川には、父の気持ちがよくわからなかった。

──正直に言うと、僕にとっても初めての経験だった──

──何がですか？──

──在宅で、患者を見送るっていうこと──

大変だっただろうな、と姫川は卑沢の顔を見直した。

父と過ごした数ヶ月間、自宅に凝《こご》っていた、あの冷たく白い靄で満たされたような空気を、姫川はいまだに忘れることができない。声のない家。一階の端にあった父の寝床。布団の中に座椅子を持ち込み、常に半身を起こして静止していた父。剃毛《ていもう》して間もない頭を家族に見せたくなかったのか、いつも茶色いニット帽を被っていた。何もないところをいつまでも見つめていた父の目。そうやって父は、自分の頭の中で爆弾が爆発するのをじっと待っていたのだ。いつか父が急に布団を跳ね退け、痩せた二本の足で畳を踏み鳴らし、狂った目をしてどこかへ走っていってしまうのではないか——姫川の心には、いつもそんな不安があった。

腫瘍が脳を圧迫していたのだろう。父はときおり嘔吐感やひどい頭痛に襲われていた。強く目を閉じ、細かく震える両手で布団に掴みかかり、喘《あえ》ぐように呼吸をしている父を見るたび、姫川は泣き出しそうになった。軽い言語障害もあり、姫川が心配して話しかけても、父は手振りで答えることのほうが多かった。もちろん声を返すときもあるのだが、その言葉の中には意味のわからない部分もあった。見慣れた父の顔が、奇妙な言葉を発するのが、姫川にはとても怖かった。

母は疲れ果てていた。母の顔は、あの頃から急激にやつれはじめ、肌をがさつかせ、そして、そのままもとに戻ることはなかった。若い頃から趣味でやっていたという水彩画も、時間と気力が同時に失われてから、すっかり描かなくなっていた。家のあちこちに飾られた、雄大な山や静謐《せいひつ》な湖、若々しい父の笑顔は、母が失くしてしまったもののコピーみたいで、子供の姫川の目から見てもなんだか哀《かな》しかった。通いで父の世話をしていた、白髪の医者や看護師の卑沢は、玄関先まで見送りに出る母に、いつも不安げな面差しを向け、かけるべき言葉を探していた。自分が不用意に発した言葉が、相手の中の何かを壊してしまうのではないか——そんな心配が、二人の目の奥には映っていた。

夜、二階の子供部屋で寝ていると、階下からよく父と母の低い声が聞こえてきた。それは静かな言い争いだった。互いに不明瞭な言葉を発し合い、それが長いことつづき、最後には決まって母のか細いすすり泣きが残った。二段ベッドの上の段に寝ていた姫川はいつしか、枕に顔をつけ、両耳に人差し指を突っ込んで眠りにつくのが癖になっていた。

いまだに姫川は、結婚というものに対してマイナスのイメージしか抱くことができない。仲のよさそうな夫婦、楽しげな家族の姿を目にしても、その幸福の壁の裏側に仕掛けられているかもしれない、黒くて静かな爆弾を想像してしまうのだ。おそらく自分は生涯このままなのだろう。姫川はそう思う。誰かと結婚しようとか、子供をつくろうとか、そんなことを考える日は自分には決して訪れないのだろう。

胸が苦しくなるような、そんな空気の中、唯一明るく振る舞っていたのが姉の塔子だった。姉は薬品の匂いのする父の布団によく潜り込んだ。そんなときは、父も硬い表情を僅《わず》かに崩し、両手で姉を膝の上に転がして、高い声を上げさせていた。姉が起き上がるとき、二人の顔はもう少しでくっつきそうなほどに近づいた。姉は、医者や卑沢にも平気でちょっかいを出した。二人の手を取ってじゃれつき、困らせた。姉がそうやってふざけているあいだだけは、周囲に束の間の笑顔があった。

姉は卑沢のことが大好きだった。ハンサムだったからだろうか。柔らかい物腰のせいだろうか。あるいは訪問の際にときおり買ってきて、さんざんじらしてからパッと取り出してみせる、あの小さなゴム人形が嬉しかったのかもしれない。姉は卑沢のことを「ひー先生」と呼んでいた。母に咎《とが》められても、そう呼んでいた。長じてから、姫川は「ひー先生」は漢字で書くと「卑ー先生」だと思いつき、奇妙な切なさをおぼえたものだ。

子供部屋にクリスマスの飾りつけをしようと姉が言い出したのは、彼女が死ぬ前日の朝だった。サンタクロースが父親の病気を治してくれるかもしれないと、姉は言ったのだ。もちろん本気ではなかったのだろう。しかし姉の目にはたしかに期待の光があった。その子供じみた興奮は、すぐに姫川にも伝染し、寒い二階の子供部屋で、姫川たちは飾りつけの構想に胸を躍らせた。木の床に胡座《あぐら》をかいて座り込み、机の引き出しから引っ張り出してきた色紙をハサミで細く切り、アラビアのりで丸くして、色を交互につなぎ合わせては、姉と両目を見ひらき合って息だけで笑った。学校が冬休みに入っていたので、姫川と姉は、クリスマスイブのその日を、ずっとそうやって過ごした。——いまにして思えば、自分たちは幼いながらに逃げ道を探していたのかもしれない。冷たく白い靄で満たされた空気の端に、カラフルで温かい何かを飾りつけたかったのかもしれない。

——明日、金曜日だから、ひー先生ひとりでくるでしょ——

姫川よりも長い指で、器用に青い星を折りながら、姉は言った。医者が卑沢といっしょに往診に来るのは月曜日だけで、水曜日と金曜日は、卑沢が一人で父の世話をしていた。医者は病院から車に乗ってくるが、卑沢だけのときはバスだった。

——あたしね、すごいことするよ。ひー先生びっくりするよ——

姉には何か計画があるようだった。しかしその詳細を姫川には教えてくれなかった。

——ひー先生がくる時間にね、亮がバス停まで迎えにいって。それで、家に着いたら、玄関には入らないで、塀の外からこの部屋のほうにきて。窓が見えるほうに——

——でも僕、明日ともだちと遊ぶ約束したんだ——

——ひー先生がくる時間には帰ってきて。ぜったいだからね——

まだ姫川が了解してもいないのに、すでに約束が成立しているみたいに念を押すのは、姉の癖だった。何かをお願いされると、何だかんだと理由をつけて面倒から逃げようとする姫川の性格を、よく見抜いていたのだろう。

——ぜったいね——

姉は小学校三年生だったが、痩せているのに、風呂場で見る胸は、もうほんの少しふくらんでいた。発育の早いほうだったのだろう。手も足も、学校で見る姉のクラスメイトたちよりもいくぶん長かった。そんな姉が、何かの秘密にわくわくし、目の前で鼻息を荒くしているのは、子供の姫川にもアンバランスに見えた。しかし同時に、何だか奇妙な安心感もあった。一度自分から離れていった姉が、あたたかい日向《ひなた》の布団みたいな匂いをさせながら、また戻ってきてくれたように思えた。

翌日、姫川は学校のクラスメイト数人といっしょに、昼から一人の友人の家に集まった。

その家の親が二人とも出かけるので、子供だけでクリスマスパーティをやろうということで言い合わせ、集まったのだ。しかしけっきょくそのパーティは、いつもより多い人数でテレビゲームをやったというだけのものだった。もしかしたらそのあとでお菓子や何かを食べたのかもしれないが、姫川は途中で友人の家を出なければならなかったのでわからない。

友人の家を出て、姫川がバス停に到着したのは、二時半頃だった。卑沢が家にやってくるのは三時で、いつも時間ぴったりに玄関の呼び鈴が押される。家からバス停までは、ほんの五分ほどの距離だ。しかし、もしその日にかぎって卑沢が早い時間のバスで来てしまったら、姫川は姉の指示通りに卑沢を子供部屋の窓のほうへ連れていくことができなくなる。姉に怒られるのが嫌だったので、姫川はずいぶんと早い時間から、バス停で卑沢を待ち構えていたのだった。

いくぶん風のある、特別に寒い日だった。歩行者の少ない、凍ったような灰色の歩道で、ポテトチップスの空き袋がずるずると音を立てて移動していたのを何故だかよく憶えている。

昼前に、姫川が友人の家に向かうとき、姉は二階の子供部屋で、電池や細いコードを使い、何だかよくわからない作業をしていた。父は一階の和室で、相変わらず布団の中の座椅子で半身を起こし、虚空を見据えていた。母の痩せた背中は、台所のテーブルに向かっていた。珍しく絵を描いているようだった。――あとで知ったのだが、それは姉へのクリスマスプレゼントだったのだ。

停車したバスから卑沢が降りてきたのは、二時五十五分頃だった。姫川は腕時計を持っていなかったので、実際にその時刻を確認したわけではないが、あとで警察の人間が父や母と話しているのを聞き、自分たちが家に到着したのが三時ちょうどであることを知ったのだ。

——玄関に入らないでね——

家の構えが見えてきたところで、姫川は卑沢に言った。卑沢は整った顔を人懐っこく緩めて笑った。

——でも、玄関に入らないと、お父さんのところへ行けないよ——

——あとで入っていい。最初はだめ——

姉が何をするつもりなのかを聞かされていなかった姫川には、そんな説明しかできなかった。

——いいよ、わかった。亮くんの言うとおりにする——

卑沢は別段深く追及することはなかった。あれはもしかしたら、クリスマスということで、子供が何かしらの仕掛けを用意していることを予想していたのかもしれない。

二人は並んで家の門に近づいた。姫川は卑沢を、子供部屋の窓がある左手のほうへ連れていった。

そのとき、すぐそばで母の声がした。

——卑沢さん、ご苦労様です——

買い物から戻ってきたところらしく、母は片手に紙袋を提げていた。紙袋に印刷された画材店のロゴを見て、額縁を買いに行ってきたのだなと姫川は考えた。あの紙袋の中にはきっと、店で選んできた額縁といっしょに、今日母が台所で描いていた絵が入っているのだろう。母はいつも額縁を買うとき、それに入れる絵を画材店まで持っていく。そうしないと、雰囲気に合うものが見つけられないらしい。父が病気になる前は、姫川も何度か店まで付き合わされたことがあった。今日は何の絵を描いたのだろう。母が久々に描いたその一枚を、姫川はあとで見せてもらおうと思った。

母は痩せた顎をマフラーに埋め、並んで立つ姫川と卑沢を不思議そうに見比べていた。

——亮くんが、バス停まで迎えにきてくれたんですよ——

母の疑問を察し、卑沢が説明した。

——何だか、壮大な計画があるみたいで。ね、亮くん——

同意を求められたが、その計画の内容を知らない姫川は曖昧にうなずくしかなかった。

卑沢の腕を取ってせかし、姫川はブロックの外塀づたいに家の左側へ回り込もうとした。

——きて、早くこっち——

しかしそのとき、背後で母が突然息を呑む気配がした。何だろうと思って振り返ると、母はペンキの剝《は》げた黒い門の前にじっと立ったまま、ある一点を真っ直ぐに見据えていた。

——大丈夫なの……？——

門の内側に向かって、母は声をかけた。

姫川は数歩後退し、母のそばへと戻った。玄関前にいたのは、寝間着姿の父だった。どうやら庭のほうから歩いてきたらしい。裸足《はだし》で履いたサンダルの先に、少し土がついていた。茶色いニット帽の下の父の顔は、陽の光の下で見ると、恐ろしく白かった。長いこと、太陽に当たらずに過ごしてきたせいだろう。医者や卑沢はなるべく散歩をするようにと勧めていたのだが、父は頑《かたく》なに布団から出ようとしなかったのだ。食もだんだんと細くなり、顔や身体は、その頃にはもう霜に覆われた枯れ木のようだった。そんな父が、空っ風の吹く玄関先にぽつんと立っていたのだ。寝間着の両腕を、二枚の布のように身体の両側に垂らし、かさかさに乾いた唇を微《かす》かに震わせて。

落ち窪んだ二つの目が、ぶれるような素早い動きで、母、姫川、卑沢を順繰りに捕らえていた。

——庭を、歩かれていたんですか?——

卑沢が、声に微かな嬉しさを滲ませて父に近寄った。

——歩くのは、いいことです。ただ、はじめは杖を使ったほうがいいかもしれませんね。ずいぶんと長いあいだ、お布団の中で過ごしてしまいましたから——

その杖は、卑沢の助言で数週間前に母が買ってきてあった。玄関の傘立てに入れられたまま、あれはけっきょく一度も使われることはなかった。

——それじゃあ、寒いわ——

母が自分のコートを脱ぎながら父に歩み寄った。卑沢の反対側に立ち、父の背中にそっとコートを乗せた。父は真っ直ぐ前を向いたまま、一心に何かを考えているように、何の反応も示さなかった。

庭に、何かあったのだろうか。姫川は父の背後がとても気になった。——そのときには姫川は、姉との約束をすっかり忘れていた。卑沢を塀の外から子供部屋の下に連れていくことなど、もう頭の中にはなかった。姫川は三人のそばをすり抜け、庭のほうへ向かおうとした。しかしそのとき、父の右手が、思いがけない力強さで姫川の腕を摑んだ。姫川はぎくりと立ち止まり、父の顔を振り仰いだ。そのとき父の顔は、白い、グロテスクなマスクのようだった。皮膚が弛緩し、乾いた眼球の中心で、黒目だけが微かに振動していた。

——姫川さん、どうされたんです？——

卑沢が心配そうに父の顔を覗き込んだ。しかし父はそちらに目を向けようとしなかった。卑沢は小さく首をひねり、すいと庭のほうに首を伸ばした。そのときになってはじめて父は卑沢に顔を向け、その袖口を素早く左手で摑んだ。

姫川は怖かった。理屈など関係なく、ただ、何かが起きたのだと腹の底で感じていた。足がすくんで、声が出せなかった。——そのとき、母がはっと息を吞むのがわかった。まるで何かとても重要なことに気づいたような様子だった。母は父を見た。父もまた、母に顔を向けた。つぎの瞬間、地面で硝子《ガラス》の割れる音がした。額縁の入った画材店の紙袋を、母が取り落としたのだ。驚いて姫川が何か言おうとした瞬間、母はいきなり駆け出した。あまりに突然の動きだった。母は家の外壁と塀のあいだの狭い通路を走り抜け、すぐにその背中が庭のほうへ消えた。掠れた叫び声が聞こえた。聞こえたように思えた。母の悲鳴——もしかしたらそれは、姫川があとで自分の記憶に追加したものだったのかもしれない。庭へと消える母の細い背中が、まるで掠れた悲鳴そのもののように見えたから、実際には上げられなかった母の声を、姫川は憶えているのかもしれない。

姫川の腕を摑んでいた父の手の力が、ふっと緩んだ。それとほぼ同時に姫川は走り出していた。母を追い、庭のほうへと向かった。長いこと芝生の手入れがされていない庭は、背の高さがばらばらな枯れ草に覆われていた。その中心に母の姿があった。地面に膝をついていた。母の背中の向こう側に、黒と、白と、赤が見えた。

黒いものは、地面に流れた姉の髪の毛だった。仰向けの姉は、両目を薄くひらき、唇を結んで、冬の空にじっと顔を向けていた。そのときの情景を思い出すと、姫川の記憶の中で、姉の顔は決まって無表情な能面になっている。能面が、長い髪を八方に広げ、庭の真ん中にぽつんと置かれているのだ。能面が置かれているのは、赤くて尖《とが》った石の上だった。

ああああ、あああ、と母は奇妙な声を発していた。左手を姉の後頭部へ回し、右手で姉の頬を触りながら、低い、機械の稼働音のような声を、呼吸に合わせて洩らしていた。あああ。

あああ。あああ。母の白いトレーナーの袖が、真っ赤に染まっていた。

背後で卑沢の声がした。振り返る姫川の視線の動きと逆行するようにして、卑沢は姉の身体に駆け寄った。倒れ込むように上体を伏せ、卑沢はまず母に鋭く言った。

――塔子ちゃん?――

――動かさないで。離れてください――

母はあの声をまだ発したまま、地面に尻を落とし、じりじりとその場から後退した。そのときになって初めて、姉の全身が見えた。薄黄色の長袖のブラウス。チェックのスカート。今朝、姫川が子供部屋で見たのと同じ格好だった。姉のスカートは前の部分が大きくめくれ、白い下着と、細い脚が剝《む》き出しになっていた。

卑沢が姉の身体に腕を伸ばし、色のない顔に手を触れた。唇に耳を近づけた。首筋に指を差し入れた。瞼をこじあけた。

――救急車を、呼びましょう――

上体を起こし、卑沢は母に言った。その声は、ほとんどが吐息だった。口調は先ほどよりもゆっくりとしていて、自分の本心とは別のことを口にしたような印象を受けた。姫川は姉の身体に近づいた。卑沢に怒られるかと思ったが、彼は何も言わなかった。

姉は、どう見ても死んでいた。死体というものを姫川はそのとき初めて目にしたが、自分の足下で横たわっているその身体が、今朝までいっしょに過ごしていた姉の身体と根本的に違った存在であることは容易にわかった。それでもまだ、姉の死が、姉との永遠の別れになるという発想は姫川の中に生まれなかった。しばらくのあいだ、姫川は姉の顔を見下ろしていた。それからゆっくりと視線を移動させ、何故かブラウスの胸を見た。そこが、死んでいるのにまだふくらんでいることが、理由もなく、姫川には不思議だった。

顔を上げて縁側を見た。母が救急車を呼びに、そこから中へ入っていったので、窓のサッシに刷毛《はけ》ではいたような赤い跡があった。居間の電話機はもっと赤くなっているのだろうと姫川は思った。

――あたしね、すごいことするよ。ひー先生びっくりするよ――

姫川の頭に、まさかこれが姉の計画だったのではないかという考えがふと浮かんだ。しかしすぐに、そんなはずはないと考え直した。姫川は二階の窓を見上げた。

姉の死体の、ちょうど真上にある子供部屋の窓が、大きくあけ放たれていた。窓庇《ひさし》に、見たことのないものが並んでぶら下がっている。あれは何だろう。ちょうどネックレスを並べて垂らしてあるように見えた。あとで二階に上がって確認してみたら、それはソケットに入った五つの豆電球だった。ソケットのコード同士をつなぎ、そのコードの一端が単一の乾電池にセロハンテープで貼りつけられていた。つまり、もう片方の端を電池の逆側にくっつければ、並んだ五つの豆電球が光るようになっていたのだ。姉の計画はこれだったのかと、姫川はそのときになってようやく合点した。大好きだった卑沢に、この奇麗な五つの光を、外から見せてやろうと考えていたのだ。

救急車がサイレンを鳴らしてやってきた。白い服を着た大人たちが、声を高くしたり低くしたりしながら何か言葉を交わし合っていたかと思うと、救急車は何も乗せずに帰っていった。かわりに地味な色のヴァンが一台やってきて、それが姉を乗せていった。救急車が死体を乗せないことを姫川が知ったのは、ずっとあとになってからだったので、そのときは二台の車の意味がわからず不思議だった。

警察もやってきた。制服を着た警官が、庭や家の中をせわしなく動き回った。途中から、それまでいなかった二人の男が作業に加わった。そのうちの一人、大柄な若い刑事は、隈島《くまじま》という名前だった。隈島は父と母にあれこれと質問をした。卑沢にも細かく事情を訊いていた。

——庭を、歩こうと思った。そうしたら、塔子がそこで冷たくなっていた——

父が姉の死体を発見したのは、姫川たちが帰宅する直前のことらしかった。午後一時頃に母が買い物に出かけ、父と姉は、家の中で二人きりになったのだと、父は説明した。

——塔子ちゃんは、そのときどこに？——

——私の、布団のそばに——

脳の腫瘍が消え去ったかのように、父の言葉は明瞭だった。

——塔子ちゃんが二階に上がったのは何時頃でしたか？——

――それからすぐのことだった。私が眠たくなって、目を閉じると、塔子は布団を離れて子供部屋に上がっていった――

父の嘘に、当時の姫川はまったく気づかなかった。隈島もそうだったろう。

――塔子ちゃんが庭へ落ちたとき、音は聞こえましたか？――

父は黙って首を横に振った。隈島は重々しくうなずいた。

――たしかに、和室からでは、聞こえなかったかもしれませんね――

父の寝ていた和室は、姉の死体が見つかった庭の、ちょうど反対側にあった。

――三時前に、布団を出た――

たまたまその時間に、父は、医者や卑沢にさんざん言われていたことを実行しようとしたらしい。つまり、少し身体を動かしてみようと思ったのだ。

――そして、玄関でサンダルを履いて、庭に回ったわけですね？――

手帳にメモをとりながら、隈島は質問を重ねた。父は緩慢にうなずいて答えた。

――そのときに、塔子を見つけた――

大人たちから事情を聞き終えた隈島は、最後に何故か姫川一人を二階の子供部屋に連れていった。係官がせわしげに作業をしているそばで、隈島は床にしゃがみ込むようにして姫川と目線を合わせ、短い質問を口にした。

――お姉さんから、何か聞いていなかったかかな？――

その質問はあまりに短く、姫川は自分が答えを持っているのかどうかもよくわからなかった。隈島は穏やかに言葉をつけ加えた。

――たとえば、家族のこととか――

姫川は黙って首を横に振った。それから思い出して答えた。

――お父さんの、病気が治ってほしいって言ってました――

隈島は、僅かに残念そうな顔をした。

最後に彼はもう一度だけ訊いた。

――隠していることが、あるんじゃないのかい？――

姫川は今度もかぶりを振った。

意図的についた嘘ではなかった。家族のこと云々については、もちろん何の話だかわからなかったが、じつはその日、姫川は、警察に伝えるべきあるものを見ていたのだ。しかし隈島にそのことを話さなかったのは、わざとではない。そのときはまだ、自分の見たものの意味に気づいていなかっただけなのだ。

それは、血痕だった。あってはならない場所に付着した血痕だった。姉が単純な事故死ではなかったことを示す証拠だった。

自分の見た血痕の意味に姫川が気づいたのは、それから何年も経ってからのことだ。小学校の卒業式を間近に控えた授業中、不意にわかったのだった。そのとき姫川は慄然《りつぜん》とした。

背中を冷たい氷で撫《な》でられたような感覚をおぼえながら、頭の中で、隈島が両親に姉の死について説明している情景をまざまざとよみがえらせた。

——あのクリスマスの飾りつけをしている最中に、過って落下したのでしょう。そして塔子ちゃんは、真下にあった石に頭を打ちつけた——

隈島の顔は痛ましげだった。

——もしもっと早い段階で、塔子ちゃんが発見されていたら、一命を取り止めた可能性はあります。即死ではなかったようですから。非常に、不運な事故でした——

違う。

記憶の中の刑事に向かい、姫川は聞こえるはずもない声を上げた。

いいいいいいいいいいい、お姉ちゃんは事故で死んだんじゃないいいいいんだ。

本当はそうじゃないいいいいんだ。

——心中、お察しします——

母は、果たして父のやったことを知らずにいるのだろうか。気づいたのは自分だけだったのだろうか。いまだに姫川にはわからなかった。

父がこの世を去ったのは、姉が死んですぐのことだ。

姉の死の翌日から、父の容態は急変し、意識の混濁が激しくなった。腫瘍による脳の圧迫が、ある限度を超えてしまったのだろう。そしてその僅か一ヶ月後、父は、母と姫川の目の前で、静かに息を引き取った。延命治療を行わないことは、在宅ホスピスという最期を選んだとき既に取り決めてあったのだろう、死にゆく父の枕辺には、医者と卑沢ら数人の看護師がいたが、父が病院へ搬送されることもなければ、身体に何本ものチューブが取り付けられるようなこともなかった。直前に見たのが姉の死だったせいか、姫川にはそれが、とても自然な人間の死であるように思えた。

父の最期の言葉を、姫川はいまでも耳の奥に聞くことがある。

――亮――

意識を失う直前、父は布団から枯れ枝のような片手を出して姫川を呼んだ。その頃にはもう、いつものあの座椅子は脇に退けられ、父は直接布団に身体を横たえていた。ただし、あの茶色いニット帽だけは取ろうとしなかった。

姫川が顔を近づけると、父は色のない唇をひらき、何か言おうとした。父の唇は、皮が剝けてひどくささくれ立っていた。その唇の動きをじっと注視していると、そこだけが別の生き物のように見えた。

父は姫川の肘に手を添え、自分のほうへと引き寄せた。何か自分だけに聞かせたいことがあるのだと、姫川はようやく思い至り、父の口に耳を近づけた。父は掠れた声で言った。

――俺は、正しいことをした――

そして、意識を失った。

父の痩せた身体が焼かれているとき、母が、あのとき父は何と言ったのかと姫川に訊《たず》ねた。姫川は首を横に振り、よく聞こえなかったと答えた。父の発した言葉の意味は、さっぱりわからなかったのだが、そう答えることが、何故だか父との約束のような気がしたのだ。

いま、姫川は父の言葉の意味を知っている。しかし、父のやったのが正しいことだったとはどうしても思えずにいる。それどころか、父の行いを思うと、怒りで腹の底が激しく燃え上がるのだった。もし父が生きていたなら、自分は考えつくすべての言葉を用いて糾弾していただろう。大声を上げて断罪していただろう。

（5）

グッドマンでのライブは、ちょうど二週間後の十二月二十五日に行われる予定だった。今回と来週の日曜日、もう二回しか練習できないとあって、ブース内での演奏にはメンバーそれぞれに熱が入っていた。すべての曲を通しで合わせ、そのあとで難易度の高い曲をもう一度合わせ、それから全体の中で気になる箇所をピックアップして練習し終えた頃には二時間が経過していた。

「時間だ」

谷尾が腕時計を覗き込む。

「おっし、出るか」

竹内がマイクのスイッチを切って言った。皮膚の薄い顔に、じっとりと汗が滲んでいる。経営者の野際とは付き合いが長いし、つぎの予約が詰まっているわけでもなさそうなので、少しくらい予定時間をオーバーしても嫌な顔をされることはないのだろう。しかし、谷尾が堅い性格なため、**Sundowner** の練習はいつも時間ぴったりに終了していた。

メンバーたちはそれぞれの楽器やエフェクター、シールド類を片付けてブースを出る。二重ドアを抜けるとき、姫川はちょうど桂とタイミングが重なった。桂は軽く笑い、姫川の脇をすり抜けて先に出ていった。Tシャツ姿の彼女の体臭が、すぐ鼻先を通り過ぎた。姫川は、死んだ姉のことをまた思い出した。いっしょに外で遊んでいるとき、姉の身体からはいつもこんな匂いがしていたのではなかったか。

「お姉ちゃん、お疲れ」

ブースから廊下に出たとき、ちょうど右手の事務室からひかりが出てきたのを見つけ、桂が軽く手を上げた。ひかりも同じような仕草を返す。ただし彼女のほうは妹よりもずっと物憂げだった。

「桂、ミスらなかった？」

「あたしは大丈夫。でも竹内さんがまた歌詞忘れた」

「あれはネタだ、ネタ」

笑い合いながら、メンバーはそれぞれに廊下の角を折れていく。姫川とひかりだけがその場に残った。

数秒、沈黙があった。

「仕事、十二時までだろ？」

「そう。これから六時間」

「大丈夫なのか？」

姫川が訊くと、ひかりは一瞬何のことだかわからなかったようだが、すぐに小さくうなずいて、右手を自分の腹部にあてた。

「大丈夫」

それから顔を上げて言う。

「今日、電話で予約取ってきた」

「いつにしたんだ？」

「再来週の月曜。――同意書にサインだけして。持ってきてあるから」

ひかりは背後の事務室に視線を投げた。

「俺もいっしょに行くよ。病院」

「一人で大丈夫。月曜だから、会社があるでしょ」

「休めばいい」

「大丈夫だって」

思いの外《ほか》強い口調だった。

姫川は床に視線を落としてうなずいた。

「――わかった」

ひかりと二人で事務室に入り、彼女が古いＦＡＸ機の横に広げた同意書に、姫川はスタジオの備品のボールペンでサインをした。判子は持っていなかったが、捺印欄に名字を書いて丸で囲めばいいと、ひかりが病院で確認してきていた。

「費用は、いくらかかるんだ？」

「お金は大丈夫。私の身体のことだから、私が自分で払う」

一瞬、姫川の腹の底に熱いものがこみ上げた。その感情を圧殺し、低い声を返した。

「俺が出す――いくらだ？」

「でも」

「いくらだ？」

ひかりは姫川から視線をそらし、諦めたように、処置に必要な費用を口にした。姫川はその金額を頭の隅に入れた。

「私、ブースの片付けがあるから」

姫川がサインした同意書を、デスクの上のハンドバッグに押し込むと、ひかりは事務室を出ていった。先ほどまで姫川たちが使っていた6番ブースへと入っていく。

妊娠が判明したとき、ひかりのほうから結婚の話は出なかった。

——とにかく、早く堕《お》ろしたい——

それ以外、彼女は何も言わなかった。


待合いスペースに戻ると、谷尾がカウンターで料金を精算しているところだった。肩越しに姫川を振り返る。

「亮の分、あとで舞の屋でくれればいいからな」

「ああ、悪い」

いつも練習後に寄る舞の屋は、ここから駅と反対方向に五分ほど歩いた場所にあった。谷尾、竹内、姫川、桂——四人でストラト・ガイのドアを出る。冬の太陽はすっかり沈み、片側一車線の道路の向こう側で、クリーニング屋がクリスマスの電飾を賑やかに光らせていた。

あ、と小さく声を上げたのは桂だった。

「まだいたんだ、これ」

地面に顔を向けて呟く。

ストラト・ガイのＬＥＤサインが、背後から断続的に光を投げかけて、姫川たち四人の影が、水溜まりの残った暗い歩道にちかちかと映っていた。その四つの影から僅かに離れた場所で、じっと緑色の身体を静止させているのは、一匹の大きなカマキリだった。

「もしかして、ここに来るとき桂ちゃんが踏みそうになったってやつ？」

竹内が上体を屈《かが》め、カマキリを覗き込む。

「そうだと思います。まさか、ずっと動かなかったのかな」

「だとしたら、よく誰にも踏ま——」

唐突に、竹内は言葉を切った。

「何だよこれ……」

その呟きに、姫川たちもカマキリに注目した。

カマキリのすぐそば——濡れた暗いアスファルトの上で、何か黒くて細いものが蠢《うごめ》いている。十五センチほどの長さの、糸のようなもの。それが、まるでミミズのように全身でのたくっている。何故それが自ら動いているのか、姫川には理解できなかった。到底生き物とは思えなかったからだ。脚もない。顔もない。模様もない。

谷尾が何かに気づいて言った。

「おい、後ろ、カマキリの——」

その言葉は途中で低い呻きに変わった。姫川は奇妙な生き物からカマキリのほうへと視線を移す。三角形の顔。緑色の羽。ちょうど小指ほどの大きさの、太い腹。その腹の先端に——黒いものが見えた。地面で蠢いているのとまったく同じやつが、いましもそこから出てこようとしているのだ。はじめはカマキリの糞かとも思った。しかしそうでないことは明らかだった。動いている。くねくねと。カマキリの腹の先端から、一センチ、二センチと這い出ながら、それは頭を左右に振るようにして動いている。

「何だ、珍しく店の入り口でたまっちゃって」

背後から野際が近づいてきた。彼は姫川たちの様子を不思議そうに一瞥すると、同じようにして地面に首を伸ばす。

「うはあ……これ、ハリガネムシだな」

骸骨のような顔を歪《ゆが》め、溜息のように言った。

「ハリガネムシ?」

竹内がいまにも吐きそうな顔で訊き返す。「寄生虫、寄生虫」と野際は説明した。

「カマキリの腹に寄生する虫だよ。もともと水の中に棲んでるんだけどさ、幼虫が水生昆虫に寄生して——その昆虫を食ったカマキリの中で、こうやって成長するんだ。いっやあ、しかしでかいなこれ」

野際は両目をしばたたき、さらに地面に顔を近づける。カマキリは弱々しく三角形の首をひねって左右の鎌を微かに持ち上げた。

「子供の頃、よく出して遊んだなあ。もともと水に棲んでる虫だから、カマキリの腹を水に浸けると出てくるんだよね。ここ、たまたま水溜まりがあったから出てきちゃったんだろうなあ。これだけでっかく育っちゃってるところを見ると……このカマキリ、もう死ぬね」

——今日、電話で予約取ってきた——

先ほど聞いたひかりの声が、耳の奥で聞こえた。

「死ぬの？」

桂が青褪《あおざ》めた顔を向ける。野際は飄然《ひょうぜん》とうなずいた。

「死ぬよ」

——同意書にサインだけして——

「カマキリの腹の中、たぶんもう滅茶苦茶に食い荒らされてるんじゃないかな」

——一人で大丈夫。会社があるでしょ——

「たまんないよね、勝手に腹の中に入り込んでくるんだから」

**Thing, thing, thing in the attic**

**Thing, thing, thing in the attic**

**Thing, thing, thing in the attic**

ステレオのボリュームを一気にひねったように、周囲で同時に声が上がった。

全員が、両目を見ひらいて凝然《ぎょうぜん》と姫川の顔を見ていた。姫川は四人の視線を順繰りに受け止めてから、ふたたび地面に顔を戻した。姫川のスウェードのショートブーツから、三角の顔だけをはみ出させて、カマキリは潰《つぶ》れていた。姫川はそっと足を上げる。ぺしゃんこになった緑色のカマキリ。そのそばで、ハリガネムシがまだ微かに身体の一端を揺らしていた。姫川はそこへ向かって、もう一度足を踏み下ろした。あああ、と四人の口から、今度は先ほどよりも小さく声が洩れた。

「亮、お前……何やってんだよ」

竹内は頰を引き攣《つ》らせていた。

「可哀想だから。カマキリが」

それだけ呟くと、姫川は靴裏を水溜まりの底にこすりつけ、歩道に足を踏み出した。少し離れて、ほかのメンバーが後ろをついてきた。

全員が、無言になっていた。

姫川は思い返す。

自分は避妊をしていた。しなかったことは一度もない。

一度もないのだ。

今日、ストラト・ガイに来る前に、姫川は図書館に立ち寄っていた。どうしても調べたいことがあったのだ。百科事典の、生殖医学関連のページに、その情報は載っていた。

コンドームによる避妊の成功率は95％らしい。分厚い百科事典の片隅にはそう書かれていた。では残りの5％というのは、いったい何なのだろう。その説明は、どこにも見つからなかった。

避妊具の破損。物理的には、それしか考えられない。

しかし、本当にそうだろうか。どのような調査で95％という数値を算出したのか、姫川にはわからない。おそらくは単純な聞き取り調査のようなものなのだろう。それ以外に調べようがないはずだ。すると——もしや5％というのは、人間の欺瞞《ぎまん》、あるいは裏切りを示す数値なのではないだろうか。姫川はどうしても、そんなことを考えてしまう。考えまいとすればするほど、思考はそちらのほうへと向かってしまう。ひかりの顔が、頭の中で醜く歪む。腹の底で熱い感情が沸き立つのを抑えきれなくなる。

「姫川さん、何かあったんですか？」

背後から桂が追いついてきて、姫川に並んだ。心配そうに上を向いた顔を、洋食屋の電光看板が照らし、暗い景色の中に彼女の額《ひたい》が白く浮き出して見えた。

自分にはきっと、何を言う資格もないのだろう。

事実がどうであれ、ひかりを責めることなど自分にはできないのだ。二年前から、彼女と身体を重ねているとき、閉じた瞼の裏にいつも、この桂の顔を思い浮かべていた自分に、そんな資格はない。

（6）

「そういや、今度のライブはクリスマスだから、演奏の前にゴーストストーリーを流すのは、時期的に合ってるといえば合ってるのかもしれねえな」

舞の屋の座敷で、谷尾が焼酎を水割りで飲《や》りながら竹内の『シング・イン・ジ・エレベーター』の話をふたたび持ち出した。

「日本じゃ怪談は夏と相場が決まってるけどよ、イギリスなんかじゃ幽霊譚は冬の風物詩だ。とくにクリスマスの時期によく語られる」

谷尾は見かけによらずけっこうな読書家なのだった。父親の職業の影響なのか、読む本の多くは推理小説らしいが、それ以外のジャンルの読書量も決して少なくはない。

へえ、と桂が焼き鳥の串を咥えたまま声を洩らした。

「そういえば、『クリスマス・キャロル』もクリスマスの話ですもんね」

「当たり前だ」

ぶっきらぼうに言い、谷尾は竹内に顔を向ける。

「お前は、もともとそういうの信じてるのか？　幽霊とか」

「まあ、頭の中の幽霊ならな」

「何だそれ？」

「精神の中の幽霊」

言いながら、竹内の口の端がふと持ち上がったのに気づく。何か小難しい話をするのだろうな、と姫川は思った。年の離れた彼の姉は、神奈川県平塚市にある大学病院で現職の精神科医をやっている。その姉の影響で、竹内は昔から心理学だの精神医学だのの蘊蓄《うんちく》を聞かせたがるのだ。

「『見る』とか『聞く』とかいう行為はさ、文脈効果によってかなりの影響を受けるんだ。文脈効果ってのは、人間が何かを知覚する過程で、前後の刺激が知覚の結果を変化させてしまう現象を言う。たとえば——」

竹内はジーンズの後ろポケットから歌詞のカンニングペーパーを取り出すと、桂にボールペンを借りて裏側に絵を描きはじめた。ずいぶんと手慣れた描きざまだった。

「これ、有名な『ラットマン』の絵なんだけどな。ほら、端っこの二つ」

谷尾と桂は左右から絵を覗き込む。姫川も正面から首を伸ばした。

「動物と並んでいるほうは、ネズミに見える。ところが人の顔と並んでいるほうは、おっさんの顔に見える。ほとんど同じ絵のはずなのにな」

「なるほど」

「ほんとですね」

谷尾と桂が同時にうなずいた。竹内はボールペンの後ろでパシリと紙面を叩く。

「つまり、こういう幽霊ならいるってこと。『もしかしたら幽霊が出るかもしれない』なんて考えて怯《おび》えてる奴は、頭の中にほんとに幽霊を生み出すんだよ。暗がりで見た、何でもないものが、青白い人の顔に見えたり、木の葉擦《ず》れの音が何者かの囁き声に聞こえたりするってわけだ」

竹内は顔を上げ、さらに説明をつづけた。

「この文脈効果に、命名効果ってのが重なると、幽霊はよりはっきりとしたかたちを持ってくる」

「命名効果ってのは？」

谷尾が真剣な顔を向ける。こうしたところ、彼はまったく屈託というものがない。

「たとえばこの絵で言うと、ラットマンだけを単独で見たとする。そのとき『これはネズミだ』と思い込んでしまうと、意図的に見方を変えようとしないかぎり、何度見てもネズミとしか思えない。逆に『おっさんだ』と思い込めば、もうおっさんにしか見えなくなる。これが命名効果だ。ネズミと言ってしまえばもうネズミ。おっさんと言ってしまえばもうおっさん」

谷尾と桂が感心したようにふんふんとうなずく。竹内は「ちなみに」とボールペンを真っ直ぐ谷尾に向けた。

「お前はまだ三十なのに、おっさんにしか見えない」

谷尾がむっとして何か言い返そうとしたが、その前に桂が生真面目《きまじめ》な顔で言った。

「髭のせいじゃないですか？　その無精髭。朝、もっと奇麗に剃ってくれれば、ずいぶん違うと思いますよ」

いまのは口にしてはいけない言葉だった。谷尾はこれでも毎朝丁寧に髭をあたっている。しかし、午後になるともう伸びているらしいのだ。——谷尾がちらりと桂の顔を見て、親指を無精髭に這わせた。いや、無精髭という表現は、もしかしたら間違っているのかもしれない。彼は決して無精ではない。

「俺は、このくらいが好きなんだ」

低い声で言うと、谷尾は焼酎のグラスを持ち上げた。中でくるりと梅干が反転した。

頭の中の幽霊。

姫川の頭の中にも、幽霊がいた。姉の幽霊。父の幽霊。——まとわりついて離れない、死んだ二人の顔。

「亮くん……かな?」

背後から名前を呼ばれた。

「おお、やっぱり。ギターケースがあるから、そうだと思ったよ」

「あ……こんばんは」

酔客たちの賑わいを背負い、姫川に笑いかけていたのは隈島だった。二十三年前——姉が死んだ、あのときの事件を担当した刑事だ。いや、事件ではない。あれは事故だった。世間でも、警察の内部でも、いまではそうなっている。

「今日も、練習してたのかい? ストラテ——あそこのスタジオで」

「ストラト・ガイです。そう、さっきちょうど終わったところで」

十年ほど前から隈島は所轄を出て、県警本部の捜査一課に所属しているらしい。もう定年間近といった年齢だろう。硬骨漢のイメージは徐々に丸みを帯び、精悍だった顔にもだんだんと肉がつき——この頃はその肉がまた消えていき、かわりに肌の弛《たる》みが目立ちはじめている。

あの出来事以来、隈島とはちょくちょく顔を合わせていた。母と二人住まいをしていた頃は、よくアパートの部屋を訪ねてきてくれたし、姫川が家を出てからも、たまに居酒屋に飲みに誘ってくれたり、ライブを見に来てくれたりしている。安くて美味《うま》いこの舞の屋を姫川に教えてくれたのも隈島だった。

自分と会おうとする理由を、姫川は高校時代に一度訊ねてみたことがある。

――なんとなく、きみのことが心配でね――

隈島はそんなふうに答えていた。おそらくあれは本心だったのだろう。しかしその本心の裏側の、ほんの片隅に、もしかしたら隈島本人さえ気づいていないある思いがあるのではないかと姫川は考えていた。

あの日、床にしゃがみ込むようにして、小学校一年生の自分をじっと見据えていた隈島の目。

――お姉さんから、何か聞いていなかったかな？――

きっと、微かな疑いが、いつまでも隈島の心から消えずにいるのだろう。

――たとえば、家族のこととか――

あの出来事の真相が、気になるのだろう。

それでも姫川は、隈島と会うのをやめようとは思わなかった。いまさら事故が事件に覆《くつがえ》ることはありえない。余計な心配はしないほうがいい。

「今度のライブも、また、見させてもらうよ。再来週だろう？　亮くんたちの演奏は、聴いていて本当に気分がスカッとする。スカッと」

大きな上体を屈めるようにして、隈島はほかのメンバーたちに笑いかける。三人は曖昧に会釈を返した。最初にライブを見に来てくれたとき、彼らには隈島のことを、死んだ父親の知り合いだと伝えてあった。刑事だとはまさか言えない。彼らはあの出来事自体を知らないのだ。

「まあ、ただの物真似バンドですけどね」

姫川は苦笑した。

「物真似でも何でも、楽器ができたり歌が歌えたりするのは、すごいことだよ。私なんてきっと、和太鼓も叩けない」

隈島は一人で深々とうなずき、顔の大きさと合っていない小さな両目をしばたたいた。和太鼓は和太鼓で、きちんと叩くのはけっこう難しいと聞くが、姫川は敢《あ》えて何も言わなかった。

「今日は、あの彼女さんはいないんだね。ひかりさんは」

言いながら、隈島がにやついてみせる。姫川は「ええ」とうなずいて、なんとなく三人を振り返った。桂と目が合う。桂は、そうなったことに慌てたように、すっと視線をそらした。

「隈島さんは、いま仕事中なんですか?」

「まさか。仕事中に酒なんて飲まないよ。今日は休みだ」

「休みなのに、スーツ着てるんですね」

隈島は自分のよれた背広を見下ろした。

「上司の出張の送り迎えをさせられたんだ、成田空港までね。署の——」

少しも顔色を変えずに言い直す。

「会社の車で、往復させられた。休みだってのにちっとも休ませてくれないんだ、うちの会社は」

「大変ですね。——あ、これチケットです。ライブの」

「おお、ありがとう」

姫川は隈島に、『グッドマン』と大きく印字された赤いチケットを手渡した。隈島はそれを大事そうに受け取り、千円札を二枚、財布から抜き出す。姫川が釣り銭を用意しようとすると、大げさに手を振ってそれを制した。

「取っといてくれればいい。——じゃ、再来週、楽しみにしてるよ」

隈島は毛深い手をさっと顔の前にかざすと、上体を左右に揺すりながらレジカウンターのほうへと歩いていった。あまり長く喋っていると、身分詐称がばれると思ったのだろうか。

「あの人、よくライブ来てくれるから、ありがてえよな」

グラスの中の梅干を割り箸で崩しながら、谷尾が歯を見せて笑った。

「でっかい図体で一生懸命ノッてくれてるの、ステージから見ていて楽しいしよ」

隈島が自分の父親と同じ職業に就いていると知ったら、谷尾はどんな顔をするだろう。

（7）

――あのとき、どうして僕にしつこく質問したんですか？――

中学に上がった頃から、姫川は事あるごとに隈島に訊ねるようになった。姉が死んだ日、隈島が姫川に、しきりに同じような質問を繰り返していた理由を。

何か、隠していることはないか。

たとえば、家族のことで。

しかし隈島は、姫川がそのことについて訊ねるたび、曖昧に首を振って誤魔化した。

――そういったことは、話せないんだ――

それでも姫川は気になった。あのとき隈島が、いったい自分から何を訊き出そうとしていたのか。何を確認しようとしていたのか。姫川のしつこさに折れ、とうとう隈島が重い口をひらいたのは、姫川が高校三年生のときだった。

――じつは、お姉さんの遺体に、ちょっとした問題があってね――

――問題？――

――あの日、お姉さんの遺体は解剖に回されたんだ。医者の手が空いていたから、解剖はすぐに行われた。そしてそこで……ある問題が見つかった――

その問題の内容を、隈島がなかなか言おうとしなかったので、姫川の頭の中は様々な想像で満たされた。もしや姉の後頭部の傷の様子が、庭にあったあの石のかたちと一致しなかったのではないか。それとも、首に紐の跡でも見つかったのではないか。あるいは――。

しかし、どれも違っていた。

隈島が姫川に話した内容は、姉の傷口とも、姉の死因とも、何の関係もないことだった。そして、考えようによっては、もっと恐ろしい事実だった。姉の身体の問題は、外からは見えない部分にあった。

短い言葉でその説明を終えたあと、隈島は深い溜息をついて言った。

――だから私はあのときさみに、家族のことを訊いたんだ。きみは、お姉さんと同じ部屋で寝ていたから、もしかしたら何か気づいていなかったかと思ってね――

聞かなければよかったのだ。

姫川はいまだに後悔している。

姉の解剖結果など、自分は質問しなければよかった。

「また来週な」

大宮駅の構内に入ったところで、竹内がｉＰｏｄのイヤホンを耳に突っ込みながら振り返った。

「今日と同じ四時だぞ。最後の練習だから遅刻はなしにしてくれよ、竹内」

谷尾が睨みを利かせる。竹内はひらひらと手を振り、野田線のホームがあるほうへと歩いていった。

大宮駅には新幹線と私鉄を合わせて合計八本の路線が集まっている。竹内の住むワンルームマンションは野田線の途中駅にあり、谷尾のアパートは宇都宮線の沿線にある。姫川の部屋と、桂とひかりが暮らす部屋は、どちらも高崎線の沿線だった。自宅からの所要時間は、全員三十分もかからない。バンドの練習をしたり、酒を飲んだりするのには、大宮駅は最適な場所だった。

「じゃ、お疲れ」

谷尾に軽く手を上げ、姫川と桂は高崎線のホームへと向かう。時刻は午後十時を過ぎ、駅の構内は酔客を交えた人混みで賑わっていた。

「最後の練習とか言われると、ちょっと緊張しちゃいますね」

ホームの階段口へと歩きながら、桂は片手でごしごしと額をこすっていた。興奮したときの彼女の癖で、ライブ当日にはいつも額がピンク色になっている。

「緊張しても仕方ないよ。どうせ物真似バンドなんだから、ライブなんて知り合いしか見に来ないんだし」

「姫川さんって、よくそれ言いますよね」

「それって？」

「どうせ物真似バンドなんだからって」

指摘され、姫川は僅かに戸惑った。言われてみると、自分はたしかにそんな意味の言葉をよく口にしている気がする。

「いいじゃないですか、真似でもコピーでも。やってて楽しいんだから」

桂は両手の人差し指でドラムを鳴らす真似をして、最後に姫川が背負ったギターケースを掌でぱちんと弾いた。子供みたいな顔で笑うと、なんだかその笑顔だけが宙に浮いたように見えた。

はじめは、姫川だってそうだったはずだ。ギターを弾くことに夢中になれた。バンドのことで頭を一杯にすることができた。もちろんいまでもギターを弾くのは楽しいし、桂のドラムや谷尾のベース、竹内のヴォーカルとともにリズムに乗っていると、嫌なことを忘れることができる。しかし、もう自分は三十だ。真似をして楽しんで、コピーして嬉しがって——そんなふうに考えたとき、姫川はふとした虚《むな》しさのようなものをおぼえてしまうのだった。

そして決まって、姉のことを思い出してしまうのだ。

子供の頃——姉が生きていた頃、姫川は姉の真似ばかりしていた。しかしなかなか上手くいかなかった。姉は、ハサミも色鉛筆もクレヨンも、姫川よりずっと器用に使いこなした。いま思えば、二歳違いの子供同士なのだからそれは当たり前のことだったのだが、当時の姫川にはその「当たり前」が悔しかった。姉がアニメのキャラクターを画用紙に上手に描いているのを見て、あとで一人で真似をしてみるのだが、どうしてもテレビで動いている本物と似てくれず、頭に来て思わず色鉛筆に噛みついたこともある。母は絵が上手い。その母の才能は、姉のほうにばかりいってしまい、自分は残り滓《かす》みたいなものなのかもしれない。そう思って、姫川は哀しかった。

そして、唐突に姉が死んだ。ついで、父が死んだ。

姫川はいっそう姉の真似をするようになった。

母を喜ばせようというのが、その理由だった。姉と父が死んでから、母は人が変わり、まったく笑わなくなった。姫川の顔を見なくなった。そんな母の変化が、姫川には耐えられなかった。だから姫川は、以前よりも懸命に姉の真似をするようになったのだ。父と姉の死が、きっと母の心に堪えているのだろう、二人が消えてしまったことが苦しいのだろう、自分は父の真似はできないが、姉の真似ならできる——そう判断したのだった。姫川は姉の好きだった少女漫画をつづけざまに読破しては、そのことを母に報告し、姉が得意だったリコーダーを独自に練習しては、その成果を台所で聞かせてやった。とくに姉が好きなのは絵だったので、姫川は画用紙に色々な絵を描いて母に見せた。家。海。パトカー。走る馬。しかし、母の様子は変わらなかった。それどころか、日増しに姫川に対する態度が冷たくなっていくようだった。

いつからか、姫川は姉を真似することをやめた。母を喜ばせようとするのもやめた。そして、いまでもやめたままだった。

「これ、ライブまで貸します」

桂が首の後ろに両手を回し、何かごそごそやっている。

「心を落ち着かせる効果があるんですよ」

差し出されたのは、環《わ》になった細い革紐だった。いや、革紐の下に、滴《しずく》のかたちをした石がついている。乳白色に透き通った、奇麗な石だ。

「これ、何？」

「月長石《ムーンストーン》です」

「へえ……そういうの、つけるんだ」

アクセサリーの類はあまりしないものと思っていた。

「いつもつけてましたよ。服の外に出すのはあんまり好きじゃないけど。——あたしの誕生石なんです、六月の」

桂は姫川の掌に、まだ少し温かい月長石を載せた。

「持ってると、余計なこと考えなくなりますよ」

「余計なこと……」

表情に出ていたのだろうか。姫川は思わず顔を前に戻す。

桂の月長石を軽く握り、姫川はありがとうと礼を言った。

「あ、でもそれ、ポケットに入れといてくださいね。間違っても首になんてかけちゃ駄目ですからね」

「どうして？」

「どうしてって――」

桂はマフラーの襟元を直しながら笑った。

「お姉ちゃんが見たら、なんか変に思うかもしれないじゃないですか」

「妹なのに？」

「そんなの関係ないですよ、女は。うちはいまのところ、そういう問題は起きたことありませんけどね」

桂はダウンジャケットのポケットに両手を突っ込み、ホームへと上がる階段を見上げて言い添えた。

「たぶん、これからも」

姫川はジーンズのポケットに月長石のネックレスを押し込んだ。

「あれ、姫川さん……なんか、すごい人ですよ」

階段の上、高崎線のホームに大量の人間がひしめいているのが見えた。駅員のひび割れたアナウンスが聞こえてくる。人声に紛れて不明瞭だが、人身事故で電車が止まっているということだけはなんとか聞き取れた。そういえば先ほどから何度かアナウンスが流れていた気がするが、これのことを言っていたのか。

「来るときも人身事故、帰りも人身事故ですよ……姫川さん、どうします？」

「とりあえず、ホームまで行ってみよう」

姫川たちは並んで階段を上った。

「わ……ひどいですね、これ」

間近で見ると、ホームは予想以上の人混みだった。サラリーマン風の大柄な男性が、姫川のそばをすり抜けようとし、ギターケースに肩をぶつけて露骨に舌打ちをする。

「あっち行ったほうがいいかもしれませんよ。ライブ前にギター壊されたら大変だし」

桂がホームの縁《ふち》から身を乗り出すようにして、先端のほうを指さした。そちらには人は少ないようだ。高崎線は電車によって車両の数が違っていて、ホーム一杯に停車するときもあれば、ホームの先端付近まで車両が届かないときもある。つぎに到着するのは、車両の少ないほうの電車なのだろう。

姫川はギターケースをかばいながら、桂と身体をくっつけ合ってホームを進んだ。

「冬なのに、汗かいちゃいますね」

人混みから弾き出されるようにして、姫川たちはどうにかホームの先端に行き着いた。桂がマフラーを外してダウンジャケットの首元に風を入れる。周囲から、ざわつきと人いきれが同時に消え、ホームの屋根の端からは雲のない夜空が見えていた。ひんやりと冴えた月が、線路のちょうど真上に浮かんでいる。ギターケースを肩から下ろし、姫川がなんとなくその月を見上げていると、桂が隣に並んだ。小さく洟《はな》をすすり、白い息を吐く。

桂は、死んだ姉にどこか似ている。姫川はときおりそう思う。

桂と出会ったとき、自分が彼女に強く惹かれてしまったのも、あるいはそんなところに理由があったのかもしれない。彼女が、幼くして死んだ姉に似ていたから。——しかしそう考えてからすぐに、決まって姫川は内心でかぶりを振るのだった。姉の印象は、姫川の中ですでにずいぶんと曖昧になってしまっている。姉が笑い、話し、生きていたのは、遠い遠い昔の出来事だ。——きっと自分は、ひかりの妹である桂に惹かれてしまった自分を許す手段として、彼女と姉とのあいだに勝手な類似を見出しているのだろう。それだけのことなのだろう。

「あたしが何で桂だか、お姉ちゃんから聞いたことあります？」

一瞬姫川は、質問の意味がわからなかった。訊き返す前に桂がつづけた。

「桂って、月のことらしいんですよ」

「ああ——」

どうやら名前の由来の話らしい。

「桂っていうのは、もともと月に生えてる想像上の木の名前なんです。でもそのうちに、月そのものをさすようになったみたいですよ。あたしの桂っていう名前は、お父さんがつけたんだって」

「そうなんだ」

姫川は月を見上げてから、また桂に顔を戻した。

「でも、どうして桂が月なの？」

「だから、もともとは月に生えてる木が、桂っていう名前で――」

「いや、そうじゃなくて。きみのこと。何で月なの？」

ああ、と桂はにこやかに笑った。

「お姉ちゃんがひかりだからです」

大きな目に、一瞬、その月が映っているように見えた。しかしきっと、それは駅の蛍光灯かビルの窓明かりだったのだろう。

「中学生のとき、理科の授業で、月がどうして光るのかを聞いたときは、ちょっと嫌でした。なんか、急に自分がお姉ちゃんの脇役みたいに思えちゃって」

洟をすすり、桂は白い息を吐く。

「でも、実際そんな感じですけどね。バンドのドラムを叩かせてもらってるのも、ただお姉ちゃんがドラムをやめたからだし」

「俺は桂のドラム、好きだよ。竹内も谷尾もそう言ってる。うちのバンドは、桂でもってるようなもんだって」

「どうせただの物真似バンドですけどね」

わざと、桂は言った。

ジーンズの腰につけていたスティック・ケースから、桂はドラムスティックを抜き出すと、目の前の空気をリズミカルに叩きはじめた。何かの曲のフレーズだろうか。音がないのでさっぱりわからない。ひとしきり桂は見えないドラムを叩いていたが、最後に左から右へ、二本のスティックで流れるような連打を見せると、唐突に両腕を身体の左右に脱力させた。

身体ごと、姫川に向き直った。

「姫川さん、あたしのこと好きでしょ」

冗談かと思った。しかし桂の表情は真剣だった。先ほどまで浮かんでいた微笑は掻き消え、桂の両目は真っ直ぐに姫川を見ていた。

「駄目ですからね」

抑揚のない声で、桂は言った。

そのとき姫川は、自分が返した言葉に驚いた。

「どうして？」

目の前で、桂の顔が微かに歪んだ。哀しそうな顔だった。しかし目だけは真剣なままだった。

——カマキリの腹の中、たぶんもう滅茶苦茶に食い荒らされてるんじゃないかな——

欺瞞の5%。

——たまんないよね、勝手に腹の中に入り込んでくるんだから——

裏切りの5%。

自分でも気づかないうちに、姫川は桂に近づいていた。桂の細い腰に腕を回し、自分のほうへと引き寄せていた。桂が抵抗しなかったのが、姫川には不思議だった。

桂の首元から微かに立ちのぼる、柔らかい体臭を感じながら、ふと顔を上げた。向かいのホームに電車が到着している。ひらいたドアに殺到する人混みの中に、姫川は見慣れたものを発見した。たくさんの頭が並んだその上に突き出した、黒くて細長いもの。

ベースのソフトケースだった。

* * *

深夜、〇時三十二分。

玄関を入り、ひかりはダイニングキッチンの明かりをつけた。奥に二つ並んだドアの片方は閉じられている。桂はもう寝てしまっているらしく、中から明かりは洩れていなかった。

シャワーを浴びると、ひかりは自室のベッドに気だるい身体を横たえた。バスタオルをサイドテーブルに投げ出し、裸の胸をベッドに這わせて両腕に顔を乗せる。

壁に貼られたポスターの中で、ジミ・ヘンドリックスがギターを燃やしていた。あのポスターに、ほんのりと月明かりがあたったら、何か神秘的な儀式のようになって奇麗だろうな、とひかりはいつも思う。しかし窓の方角が悪く、隣り合った桂の部屋とは違って、この部屋に月明かりが差し込むことは一年を通じてまったくない。

ひかりが十数年ぶりに父の顔を見たのは、三ヶ月ほど前のことだった。

そのことは、誰にも話していない。桂にも。姫川にも。

野際が若い頃付き合っていた音楽仲間から、ふとした拍子に父の消息を聞き、連絡を取ってくれたのだ。野際が聞いた父の現在の住まいは、意外にもさいたま市内だった。車だと、ストラト・ガイからほんの三十分ほどの場所だという。

――でも、ひかりちゃん。このまま会わずにおくって手もあるよ――

そのときの野際の態度には、どこか煮え切らないものがあった。

しかし、ひかりが父に会うことを考え直せるはずもなかった。父の面影を求めて、これまでストラト・ガイで働いてきたのだ。ここで働いていれば、もしかしたら父と連絡が取れる日が来るかもしれないと期待して。そして、とうとう実際にその日が来たのだ。

最低の父親ではあった。ひかりが中学生のときに母と離婚して以来、方々の女の部屋を泊まり歩き、ひかりや桂のもとへは、ほんのときたま戻ってくるだけだった。

それでも、自分たちには父しかいなかったのだ。自分や桂は、父が大好きだった。大好きでなければいられなかった。ひかりや桂の心の底には、いつでも父の姿があった。ドラムを教えてくれ、自分たちの他愛ない報告に、友だちのようにげらげらと笑っていた父。大事なことは、すべて父から教えてもらった。少なくとも、そう思わなければ、ひかりも桂も、自分自身を支えることができなかった。

父の住まいまで連れていってくれと頼んだとき、野際はしばし迷っていた。しかし最後には、黙ってうなずいてくれた。

当日、ひかりは桂には何も言わずにアパートの部屋を出た。まず自分が一人で父に会い、父の現状を把握した上で、あらためて桂を含めた三人で会うつもりだった。

野際からの連絡で、父とは夜の公園で待ち合わせていた。

しかし、そこにやってきた父は、父ではなかった。

どこかでひと悶着あったというように、いつも方々を向いて乱れていたあの髪は、社会常識の匂いのする整髪料で丁寧に塗り固められていた。骨張った両手の指に、大抵は三つほど嵌《は》められていたごつい指輪は消え、かわりに左手の薬指に一つ、銀色の細いものが光っていた。形容詞がわりに身振りを使うようなあの話し方も、すっかり変わっていて、口許には終始、まるで面接試験にでも来ているような硬い薄ら笑いが浮かんでいた。

——娘が一人、いるんだ——

そう言ったときの表情には、ひどく臆したような色があった。

——来月でやっと一歳になる——

ひかりは自分の胸の中が、すっと空っぽになるのを感じた。しかしそれは、胸に抱えていた重たい荷物を下ろしたというのではなかった。空っぽという巨大な荷物を無理に押し込まれ、それによってほかのすべてのものが胸の中から追い出されてしまったのだった。

——ずっと会いたかったんだよね——

父の目を見据えながら、静かに言葉をかけた。

——私も、桂も——

——そりゃ、俺だってそうだ——

父はそう言って笑った。そのときひかりは父の目の奥に、小さな打算の色を見た。いま父は、自分が口にする台詞《せりふ》が相手に与える効果を頭の中で素早く計算し、本心よりもその計算の結果を優先させたのだ。父の目にそんな嫌らしい色を見たのは、それが初めてのことだった。そして、ほんの一瞬のことだった。——黒い粉の固まりが風に舞えば、いつのまにか空気の中に溶け込んで、粉のひと粒ひと粒はどこにも見えなくなる。しかしひかりは、風に舞う前の、最初の黒い固まりを確かに見た。

それまで胸の奥に大切に保ちつづけてきた細い細い糸が、音もなく切れたのをひかりは感じた。十数年間かけて大事にしてきた、父親を慕っている自分という存在が、あっけなく崩れて消えた。

そして、あとには何も残っていなかった。

——元気でね——

それだけ言い残し、ひかりは父に背中を向けた。父は、最後に見たときよりも少し肉のついた頬を、醜く持ち上げて、まるで会社の上司に挨拶でもするように、首を突き出して片手をかざしてみせた。それは、思わず、といった仕草だった。ひかりの腹の底で、無数の罵倒と蔑《さげす》みが瞬間的に生まれた。つぎつぎと外に向かって噴き出そうとした。しかしそれらは咽喉元《のど》へと辿《たど》り着く前に、胸を埋め尽くす大きな「空っぽ」に吸い込まれ、みんな消えていった。

顔を真っ直ぐ前に向けたまま、ひかりは暗い公園の小道を戻った。植え込みのあちこちで、秋の地虫がすだいて鳴いていた。そういえば小学生の頃、父が自分と桂を、夜のクヌギ林に連れていってくれたことがある。カブトムシを捕りに行ったのだ。あのときもやはり、クヌギ林の下草の中で、見えない虫がたくさん鳴いていた。濡れた茸《きのこ》が土から顔を出し、むっとするような樹液の匂いがあたりを包んで、暗い景色に自分たちの声がよく響いていた。どこかでガサリと葉群《はむら》が動けば、ひかりや桂は、もしかしたら熊かもしれないと言ってわざと怖がった。父も、たぶんわざと、深刻そうな顔でそちらを注視したりしていた。月の低い夜で、それはまるで一枚の影絵のような記憶だった。——いまでもひかりは、あの葉群の向こう側には、大きな熊が潜んでいたと思っている。田んぼと民家に囲まれた、ほんの狭いクヌギ林でのことだったので、熊などいるはずがないのはもちろんわかっていた。しかし、自分がそう思っているかぎり、そこには恐ろしい熊がいた。父とともに束の間の冒険をし、危ういところで難を逃れて生還しようとしている自分や桂がいた。それはちょうど、消息を絶った父が、実際に会うまでは相変わらずの風来坊であったのと似ていた。自分は、葉群を掻き分けてはいけなかったのだ。その向こうに何がいるのか、見てはいけなかった。

——ハリガネムシなんて、久々に見たよ——

今日、**Sundowner**の練習が終わったあと、野際がストラト・ガイの外から戻ってきたときのことを、ひかりは思い出す。

——ハリガネムシ？——

ひかりが訊き返すと、野際はその虫のことを簡単に説明してくれた。カマキリに寄生して、腹の中で成長し、やがてはそのカマキリを食い殺してしまうという、糸のように細い虫らしい。それを聞いたとき、ひかりはすぐさま自分の腹の中を思った。膨らみつつある命。父親を取り戻したいという、曖昧で恣意《しい》的な欲求から、自分の中に宿ってしまったこの命。あと一週間あまりで消されてしまう命。

「風邪ひくよ」

声がした。振り向くと、桂がドアの隙間からひかりを見ていた。

「大丈夫。ちゃんとパジャマ着て寝るから」

桂はそのまま無言で暗い床を横切り、トイレへ入っていった。ドアの四角い小窓が、黄色く光る。

おそらく妹は、姉の生理が止まっていることに気づいているだろう。ずいぶん昔から、二人の生理周期はほぼぴったりと重なっている。いっしょに暮らしている女同士は、不思議とそうなることが多い。

しかし桂は、ひかりに何も訊いてこようとしなかった。そのことに、ひかりは安堵しつつ、どこかで不気味さも感じていた。

ひかりの胎内に宿った子供の父親について、まさか桂が気づいていることはないだろうが――。

# 第二章

ネズミがいるぞ
ネズミがいるぞ
足下なんて覗き込むな
そんなとこ見たって意味がない
お前の中にいるんだよ
お前の中にいるんだよ

——**Sundowner "A Rat In Your Head"**

## (1)

殺意だけでは、人は殺人者になることはできない。殺意と殺人のあいだには、いくつもの偶然が介在している。——そのことを姫川が思い知ったのは、初めて桂を抱いた日の、一週間後のことだった。

ギターケースを肩に背負い、姫川は高崎線の車内から窓外の景色を眺めていた。雲がやけに低い。その低い灰色の下で、高い建物の群れが左から右へと流れていく。ときおり思い出したようにそれが途切れ、古い民家の家並《や》みがつづく。そうかと思えば今度は広大な駐車場を備えたショッピングモールがすぐ眼前に迫ってくる。高崎線の沿線で暮らすようになって二十三年間、街の景色もずいぶん変わった。

一週間前、線路の向こう側で人の群れに紛れて消えた、谷尾の黒いベースケースを思い出す。あれから、姫川のもとに谷尾が連絡してくるようなことはなかった。

見られてはいなかったのだろうか。

谷尾が桂に対して以前から好意を抱いていることを、姫川は知っていた。本人がはっきりとそう言ったわけではないが、あれは自分の気持ちを隠すのが下手な男だ。姫川も竹内も気づいていたし、おそらくは桂本人だってそうに違いない。

今日、これからストラト・ガイで谷尾や桂と顔を合わせることになるが——自分はどちらに対しても普段通りに接しよう。姫川はそう決めていた。

あの夜、姫川は桂をアパートまで送っていった。玄関のドアを入ったことは、それまでにも何度もあった。しかしダイニングキッチンの奥にある桂の部屋に入ったのは、初めてのことだった。飾り気のない、色の少ない部屋で、薄いカーテンを通して、月明かりが撫でるようにベッドを照らしていた。桂のベッドは、隣り合ったひかりの部屋に置いてあるのと同じものだった。桂がいないとき、ひかりと二人で隣室のベッドで裸になっていたこともある。

桂は、終始無言だった。電車の中でも、駅からアパートへと歩くあいだも。部屋に入り、姫川が彼女の身体を抱き寄せても、何も言わなかった。唇も静かだった。瞼を閉じた闇の中で、彼女の吐息が少しだけ荒くなっているのがわかったが、それは言葉に出せない抵抗をあらわしているのだろうと姫川は思った。

やめよう——そう決めた。

姫川は桂から唇を離し、小さく息をついて、彼女の背中に回していた両手の力を緩めた。軽く身を引き、桂の顔を見た。そのとき、すぐ目の前で、桂の表情がにわかに歪んだ。それは、子供が泣き出そうとするときのような、ぐにゃりとした、不意な変化だった。つぎの瞬間、姫川は自分の背中に桂の両腕が強く巻きつくのを感じた。桂の唇が姫川の唇に押しつけられ、彼女の舌が、小さな魚のように姫川の口の中へするりと入り込んできた。魚は姫川の中で臆病に身をよじらせて、すぐに逃げた。

——いいのに——

はじめて、桂が言葉を発した。たった二言の、短い言葉だった。

——べつに——

桂が身に着けているものを取り去り、桂の肌が露出されていくごとに、小さな子供のような甘い体臭が、姫川の鼻先でだんだんと強くなっていくのがわかった。姉妹なのに、まったく違う二人の身体だった。姫川の指と唇の下で、桂の細い身体はとても静かだった。ときお

り痙攣するように全身を震わせはするが、それ以外は、手の甲を口に押しつけるようにし
桂はじっと息を殺していた。姉と暮らすその場所で、姉の交際相手に抱かれていることに対
する罪悪感が、彼女を横溢さから遠ざけていたのかもしれない。しかし、彼女の見た目の反
応を裏切るように、桂は驚くほど潤っていた。そんな桂の白い身
に見つめながら、姫川はある一つの予感をおぼえていた。

桂の中に入り込むとき、違和感があった。

——桂——

姫川は思わず彼女の顔を見た。桂はどこか生真面目な笑顔で、姫川を見上げていた。

——びっくりしましたか？——

言ってから、その笑顔が微かに曇った。姫川の予感は当たっていた。

二十五歳の桂は、処女だった。

姫川の動きに合わせ、桂の表情は辛そうに歪んだ。しかし彼女の両足は、しっかりと姫川の両足に絡みつき、彼女の両腕は姫川の両肩を強く抱き寄せていた。

——トラウマとか、そんなに大げさなものじゃないんです。ただ男の人の身体が、ちょっと怖くて。ぼやぼやしてるうちに、二十代も半ばになっちゃって——

終わったあと、桂は姫川に打ち明けた。

り痙攣するように全身を震わせはするが、それ以外は、手の甲を口に押しつけるようにして、桂はじっと息を殺していた。姉と暮らすその場所で、姉の交際相手に抱かれていることに対する罪悪感が、彼女を横溢さから遠ざけていたのかもしれない。しかし、彼女の見た目の反応を裏切るように、桂は驚くほど潤っていた。そんな桂の白い身体を、薄くひらいた瞼の先に見つめながら、姫川はある一つの予感をおぼえていた。

桂の中に入り込むとき、違和感があった。

——桂——

姫川は思わず彼女の顔を見た。桂はどこか生真面目な笑顔で、姫川を見上げていた。

——びっくりしましたか？——

言ってから、その笑顔が微かに曇った。姫川の予感は当たっていた。

二十五歳の桂は、処女だった。

姫川の動きに合わせ、桂の表情は辛そうに歪んだ。しかし彼女の両足は、しっかりと姫川の両足に絡みつき、彼女の両腕は姫川の両肩を強く抱き寄せていた。

——トラウマとか、そんなに大げさなものじゃないんです。ただ男の人の身体が、ちょっと怖くて。ぼやぼやしてるうちに、二十代も半ばになっちゃって——

終わったあと、桂は姫川に打ち明けた。

——小学校一年生のとき、お父さんがお母さんに変なことしてるのを見ちゃったんです。ここじゃない、もっと大きいマンションに、家族四人で暮らしてたときですけど——

姫川と身体を離してからの桂の物言いは、やけによそよそしいものに変わっていた。

——サディストとかマゾヒストって言葉、あるじゃないですか。いま考えると、お父さん、サドのほうだったんじゃないかと思います。でも、きっとお母さんは、そういうことをされて喜べる人じゃなかったんです。どう考えても、あのときお母さんは本気で嫌がってた。怖がってた——

ある深夜、桂は夫婦の寝室のドアが僅かにひらいているのを見つけた。彼女はそこから部屋の中を覗き込んだ。すると、裸の父親が、裸の母親をひどく攻撃しているのが見えたらしい。

——鋲《びょう》の入った、自分の太いベルトを腕に巻いて、お父さん、お母さんの背中を傷だらけにしてました。叩くとか殴るんじゃなくて、じわじわ、ゆっくり傷つける感じで。そのときはあたし、お父さんが狂っちゃったんだと思って、ただただ怖かったんです。だからドアの隙間からそっと離れて、足音を殺して部屋に戻りました——

そして、朝まで布団の中で小さくなっていたのだという。

——このことは、お姉ちゃんにも言えませんでした。あれを見てたら、お姉ちゃん、いまみたいに一生懸命お父さんのこと追い求めたりしていなかったと思います。そもそもお父さ不意に彼女は顔を上げて言った。

——気づくと思いますよ。お姉ちゃん——

助けを求めながらも、それを拒むような、桂の目だった。

姫川は何も言えなかった。気休めと言い訳以外の言葉が出てくるとは、とても思えなかった。だから姫川は、無言でベッドに屈み込み、桂と唇を合わせた。しばらくそうしていた。桂の歯は、頑なに閉じたままだった。

やがて、姫川は立ち上がった。桂のいるベッドを離れ、部屋をあとにした。暗いダイニングキッチンを抜け、玄関でショートブーツに足を入れ——上体を起こしたとき、いきなり背中に桂の裸身がぶつかってきた。それから、桂は声を放って泣いた。彼女の両腕は、姫川が振り向けないよう、しっかりと姫川の身体に巻きついていた。桂はいつまでも泣いていた。


姫川はジーンズのポケットを探り、小さな月長石《ムーンストーン》の輪郭を爪の先でなぞる。あの日、桂に渡されたネックレスだ。

低い灰色の空が、窓外を流れていく。

ひかりとは、この一週間会っていなかった。姫川から電話をかけることもなければ、向こうからかかってくることもない。一昨日、営業の仕事中に姫川は銀行に寄った。先週ストラト・ガイでひかりに聞いた金額を、自分の口座から引き出した。その金の入った封筒は、二つ折りにして、いま姫川のジーンズの後ろポケットに仕舞われている。今日、ひかりに会ったときに渡すつもりだった。

電車が減速し、大宮の二つ前の駅にゆるゆると停車する。姫川はギターケースを背負い直し、家族連れや学生たちと入れ替わりにホームへ出た。時刻は午後三時前。ストラト・ガイでブースを借りているのは例によって四時からなので、まだ一時間ほどの余裕がある。

改札を抜け、姫川は駅の階段を下りた。大通りの脇道に入り、灰色の地面を睨みつけながら歩を進めた。歩くにつれ、しだいに周囲の景色から高い建物が減っていき、空き地や古い民家が目立つようになってくる。

姫川の頭の中には、ぼんやりと母の顔が浮かんでいた。

表情のない、母の顔。

姉が死に、父が死に、母は笑わなくなった。姫川の顔を見なくなった。ものを言うときも、聞くときも。包丁で、過って自分の中指を大きく切ったときもそうだった。姫川がすぐそばにいたにもかかわらず、母は服と床に血を垂れ流しながら、右手で切れた中指を握り締め、蒼白な顔でただ電話機を睨みつけていた。助けてくれとも、救急車を呼んでくれとも言わなかった。だから姫川は母の怪我にしばらく気づかなかったのだ。自分の垂らした血の上にぺたりと座り込んでいる母を見つけた姫川が、慌てて救急箱を持ってきて指を止血し、救急車を呼んでやっているあいだも、母は口許を引き締めて自分の指を見つめているだけだった。

自分が初めて母に頭を下げたときのことを、姫川はいまでも憶えている。あれは高校二年生の夏だった。

大学へ進学したい。入学したら奨学金をもらい、アルバイトをして学費の一部を稼ぐ。だから足りない部分をなんとか工面してもらえないか。姫川は母にそう頼んだのだ。しかし、母の返答は短いものだった。

――お前に、もうお金は使わない――

そのときも、やはり母は姫川の顔を見ようとしなかった。

いったい自分が何をしたというのだ。何もしていない。母の人生を壊したのは自分ではない。母だってそれを十分に知っているはずだ。母から生きる希望を奪ったのは自分ではない。自分ではなく――。

足を止め、姫川は顔を上げた。時代に取り残されたような木造二階建てのその建家は、空の暗さのせいか、いつもよりいっそう陰気に見えた。一階と二階の外廊下に、化粧板のめくれ上がったドアが五枚ずつ。その一階の一番奥に、『姫川』とマジックで書かれたプレートが貼られている。

姫川と母が二人で暮らしていたアパートだった。母が家を手放し、小学校一年生の姫川を連れて移り住んだ2DKの部屋。いまは母だけが暮らしている。

高校を卒業すると同時に、姫川はこのアパートを出た。しかしやはり一人きりの母を放っておくことはできず、ときおりこうして様子を見に来る。母は姫川のためにお茶を淹れたり、甘菓子を出したりすることはないが、部屋に上げないということもない。いつも黙って姫川を中へ通す。

そして、ずっと黙ったままでいる。

呼び鈴を押すと、目覚まし時計のような大きな音が、ドアの向こうで鳴り響いた。

ささくれ立った畳の上で、母は一体の石仏のようだった。何十年も前から人に忘れられている、灰色の石。表情がすっかり失われた石。

いつものことだ。

姫川は母に、最近の様子を訊ねてみた。母は無惨に老け込んだ顔を、じっと座卓の天板に向けたまま、ゆっくりと首を横に振った。それは、変わりないという返事のようでもあったし、自分にそんなことを訊いても意味はないと言っているようでもあった。

これも、いつものことだ。

澱《よど》んだ母の目。すべてを過去形でしか考えることができなくなった人の目。永遠に壊れた母の心。

部屋の中のにごった空気は、絵の具の匂いに満ちていた。床のそこここに、母の描いた水彩画が散らばっている。草の上を走る姉。テーブルで頬杖をつく姉。口をあけて笑う姉。首を右にかしげ、何かをじっと見ている姉。姫川の視線は、いつものようにそれらの上を順繰りに移動する。そして最後に、壁際に立てかけられた額縁の上でしばらく静止する。硝子の割れた額縁。あのとき母が買ってきて、玄関先で落とした額縁。中に収められた一枚の絵。一面の雪を背景に、サンタクロースがアップで微笑《ほほえ》んでいる。姉の顔をした、可愛らしいサンタクロース。それはあの日、母が台所で描いていたものだった。これが、母から姉へのクリスマスプレゼントだったのだ。

しばらくして、姫川は膝を立てる。絵をよけながら畳を踏み、じめついた部屋を出ようとする。そして、やはりいつものように振り返り、いつもと同じ言葉を口にする。

「俺が何をした？」

母は、今度もただ首を横に振る。

姫川は部屋を出て、短い廊下を抜け、たたきで靴を履く。べとついたドアを押しひらき、蝶番《ちょうつがい》の軋《きし》みを聞きながら屋外の空気を吸う。そして、哀しい解放をおぼえる。これまでに、もう何度も何度も繰り返され、もはや意味さえ持たなくなってしまった一幕だった。同じシーンの再生。変化のない母。変化を求めることをやめた姫川。

ただし、今回だけは違っていた。

腹の底で、それまでは存在しなかった何かが黒々と渦巻いているのがはっきりと感じられた。

——今日、電話で予約取ってきた——

後ろ手にアパートのドアを閉め、姫川は薄暗い冬の空に顔を向けた。低い雲に自分が押し潰されるようだった。

——同意書にサインだけして——

自分の中で、何かがカチリと鳴った。

——たまんないよね、勝手に腹の中に入り込んでくるんだから——

そしてすぐに、それが殺意というもののスイッチであることを理解した。

（2）

在宅療養を選んでから、一日中和室の壁だけを見つめて過ごすようになった父が、珍しく姫川に教訓めいた言葉をかけたことがある。いまでも忘れない。あれは姫川が、父の寝床の傍らにあった本棚で見つけた画集を、何の気なしに捲っていたときのことだった。

——これ、間違い探しみたいだね——

あるページをひらいたまま、姫川は布団の中の父を振り返った。父は痩せて皮の弛んだ顔を姫川に向け、訊ねるように、微かに眉を寄せた。姫川は手に持っていた画集を父のほうへ向け、紙面を指さしてみせた。

——この絵と、この絵——

当時はもちろんわかっていなかったが、あとで思い返してみると、それはゴッホの画集だった。生前、父は絵画に興味を持っていて、背の低い木製の本棚には油彩の画集がたくさん並べられていた。そのとき姫川が父に見せたのは、ゴッホの浮世絵の模写が紹介されていたページで、広重の手による江戸の雨景の浮世絵と、それを模してゴッホが油絵で描いた絵が、左右に並べてカラー印刷されていたのだ。絵の構図はたしか、大きな川に木の橋がかかり、その橋の上を雨に打たれた町人たちがせわしく行き交っているというものだった。

——この人が、この人の真似して描いたの？——

交互に指さしながら、姫川は訊いた。父は静かに首を横に振り、かさついた薄い唇を動かした。

——模写だ——

父が何を言ったのか、姫川にはわからなかった。一瞬、また父が病気のせいで意味のわからない言葉を発したのかと思った。しかしすぐに、自分が「モシャ」というその単語を知らないだけなのだと気づいた。

——ただ真似したんじゃない——

父は言葉を添えた。

——一生懸命に真似したんだ——

姫川は黙って父の顔を眺めていた。父の言っていることがよく理解できないでいたせいもあるが、久方ぶりに父が自分に話をしてくれているのが嬉しかったのだ。

――一生懸命に真似をすれば、その人の本当にやりたかったことがわかる――

父は、それきり言葉を切った。気がつけば、父の顔はふたたび正面を向き、虚ろな両目は何もない壁の一箇所をじっと見つめていた。そのとき頭に被っていた、ニット帽の茶色が、何故だかとてもはっきりと目に映り、いまだに姫川の脳裏に強く残っている。

ストラト・ガイのドアを入ると、待合いスペースに桂がいた。ダウンジャケットを着たまま、テーブルを囲む丸椅子の一つに座り、上体を屈めて何かやっている。姫川はカウンターの向こうに立っている野際に軽く会釈して、桂の向かい側に腰を下ろした。す、と桂が顔を上げた。テーブルの向こうに、靄がかかったような二つの目が覗いた。いま初めて姫川が入ってきたことに気づいたようで、その目には微かに驚いた表情が浮かんでいた。

「何してるの?」

姫川は笑いかけた。

「あ、ツインペダルの調整です。ネジがちょっとずつ緩んでたから、さっき事務室からドライバー借りてきて――」

ツインペダルというのは、一つのバスドラムを両足で鳴らすときに使う器具だ。左右それぞれのペダルに連動して、二つの並び合ったビーターが動き、一つのバスドラムを叩く。バスドラムが二つあれば、もちろんこの装置は必要ないのだが、ストラト・ガイのドラムセットにはバスドラムが一つしかなかった。もっとも、大抵のスタジオやライブハウスにこれは言えることだ。

「お姉ちゃん、奥の倉庫にいますよ」

意識したように、素っ気ない声だった。桂はふたたび顔を下に向け、ドライバーを動かしはじめる。そしてその体勢のまま言った。

「この前渡したネックレス、やっぱり返してもらってもいいですか？」

姫川は答えず、屈み込んだ桂の肩の辺りを見ていた。

「自分から貸しておいて、ごめんなさい。あれがないと、なんか落ち着かなくて」

姫川はジーンズのポケットに手を入れた。革紐をつまんで引き出すと、乳白色の滴が環の下で揺れた。

「そこに置いといてください。テーブルの上」

姫川は言われたとおりにし、無言のまま席を立った。

待合いスペースを出て、ブースの並んだ廊下を進む。日曜日だというのに、八つのブースはまったく使われていなかった。どこも電灯が消えて真っ暗だ。L字の角を折れ、姫川は廊下の突き当たりにある倉庫へと向かった。

この倉庫は、姫川たちがストラト・ガイに出入りするようになる前は、ブースの一つだったらしい。しかし、アンプの在庫や細々《こまごま》とした機材を仕舞っておく場所がスタジオ内になかったので、そこが倉庫として使われるようになったのだ。機材を屋外に運び出せるよう、壁の一部を壊してシャッターが取りつけられてはいたが、ほかの部分のつくりはすべてブースと同じだった。入り口も、防音の二重ドアのままだ。

そのドアの前に立ち、姫川は倉庫の中を覗き込んだ。四角い小窓の向こうに、なにやら作業をしているひかりの、青いトレーナーの背中が見えた。

ちらりと腕時計を覗く。午後三時四十二分。

姫川はレバーを回して外側のドアを引いた。ついで内側のドアを押す。

「——びっくりした」

ひかりが両目を広げて振り返った。その表情は先ほどの桂と驚くほど似ていた。

「ノックしたほうがよかったか？」

「あ……ちょっと、考え事してたから」

低い声で言うと、ひかりは姫川に背中を向けてしゃがみ込んだ。床に落としてしまったシールドを、軍手をした両手でまとめはじめる。

「ここ、寒いな」

「身体動かしてるから暖房切ったのよ」

「今日は、倉庫整理なのか？」

姫川は倉庫の中に視線を這わせる。床に散乱した何本ものシールド。ライドシンバル。クラッシュシンバル。スネアドラム。バスドラム。壁際のラックに並べられたエフェクターやミキサー。部屋の奥、三分の一くらいのスペースは、十五センチほど床が高くなっている。これはほかのブースと同じだった。ストラト・ガイでは、ドラムセットを置くスペースだけ一段高くなっているのだ。もっとも、この倉庫ではそこにドラムセットは設置されておらず、かわりに大中小のアンプが二十台以上も並べられている。要は、アンプ置き場になっているのだ。一番手前にあるアンプは、おそろしく大型で、姫川の身長以上の高さがある。アンプの並べられた壇の上と下は、金属製のスロープでつながっていた。キャスターつきのアンプを上げ下ろしするときにはこのスロープを使う。

ここにある大量の機材は、使用されていないわけではない。ストラト・ガイではライブハウスや個人客相手に、楽器の貸し出しも行っていて、これらはその貸し出し用の機材なのだった。

部屋の左手には、屋外から機材を出し入れするためのシャッターがあるが、いまそのシャッターは床までぴっちりと下ろされていた。

「倉庫整理と――ついでに、ここにある機材の状態をぜんぶ調べるように言われて」

「機材の状態なんて、あらためて調べてどうするんだろうな」

「業者に売るみたい」

「売る……？」

姫川は思わずひかりを振り向いた。

「どうしてまた？」

「閉めるんだって。このスタジオ」

シールドをまとめる作業を緩慢な動きでつづけながら、ひかりは何でもないことのように言った。

「とうとう経営が難しくなったって。野際さんが」

もしこの話を聞いたのが今日でなければ、おそらく姫川は大きなショックを受けていたことだろう。ストラト・ガイは高校時代から世話になってきたスタジオだ。青臭い思い出も、微笑ましいエピソードもたくさんある。しかし幸か不幸か、いまの姫川の心は新しいショックに対して無感覚になっていた。

「機材の貸し出しはもともと注文が少なかったし、ブースの利用も去年あたりからどんどん減って——今日も亮たちの予約のつぎは、八時からだからね。これじゃあ、たしかに商売にならないよ」

ブースの予約は夜まで入っていない。

「そうか」

それだけ呟いて、姫川はふたたび倉庫の中に視線を這わせた。シールド。シンバル。ミキサー。アンプ。ひかりはふたたび床で黙々と作業をつづける。

「明日だな、病院」

姫川はジーンズの後ろポケットから封筒を抜き出し、ひかりに近寄った。

無言で封筒を差し出すと、長い黒髪の向こうから、ひかりの横顔が覗いた。表情のない、能面のような顔だった。庭で死んでいた、姉の顔。

「ごめんね」

そう口にするときも、ひかりの表情に変化はなかった。姫川の手から、汚れた軍手で封筒を受け取ると、ひかりは立ち上がってそれを自分のジーンズのポケットに押し込んだ。顔を上げ、姫川を真っ直ぐに見る。

「私、もう別れようかと思って」

それは、頭のどこかで以前から予想していた言葉だった。姫川は、靄がかかったようなひかりの両目を見返し、「どうして?」と訊いた。

「桂のこと。わかるでしょ?」

「彼女が、何か関係あるのか?」

「ずっと前から、あなた、あの子のこと好きじゃない」

冷然としたひかりの口調に、姫川は口許を引き締めた。

「ほかの女なら、別れる以外にも方法はあるんだろうけどね——相手が桂なら、もう駄目」

淡々とした声音《こわね》だった。

「このスタジオも閉めるみたいだし、亮とは、もう完全にさよならってこと。言っとくけど、私と別れたあとに桂とどうにかなろうなんて考えないでね。まあ、桂のほうにそんな気はないだろうけど」

ひかりは胸の前で軽く腕を組み、僅かに微笑みながら姫川に訊いた。

「ところで最近あの子、誰かと初めてしたみたいなんだけど、あなた何か知らない？」

少しだけ思案したような間を置いて、姫川は首を横に振った。しかし、その仕草を見もしなかったように、「びっくりした？」とひかりはつづける。

「そういうの、女同士だとわかるんだよね。すごく。見てるだけで。喋るよりもはっきりと」

姫川から視線を外しながら、ひかりは最後に言った。

「あの子のこと、あんまり困らせないであげて」

先ほどから姫川は腹の底で呟いていた。その呟きは、何故だかとても明瞭で、まるでひかりの声に重なって、自分の声が実際に耳から聞こえてくるようだった。——たしかに自分は、ずっと桂に惹かれていた。そして一週間前、桂を抱いた。しかし、ひかりのほうはどうなのだ。以前から、姫川には桂と二人きりになる機会が頻繁にあった。互いにアルコールが入っているときも少なくなかった。それでも、桂に触れようなどと姫川が思ったことは一度だってなかった。やってはいけないことだと理解していた。それがルールだと知っていた。

「男じゃないのか？」

「え？」

先にルールを破ったのは自分じゃない。

「男が理由じゃないのか？」

シールド。シンバル。ミキサー。アンプ。アンプ。並んだアンプ。

「別れるのは、そこにいる子供の、父親が理由じゃないのか？」

姫川はひかりの下腹部を見下ろした。視線が痛みを与えたかのように、ひかりの手が素早くそこへあてがわれた。

「父親は、あなたでしょ」

ひかりの声は、上ずりもしなければ、掠れもしなかった。そのことが姫川をいっそう苛立たせた。

「馬鹿にするなよ……俺を」

姫川はひかりに一歩近づいた。鼻の奥で熱い風船が膨らんで、脳がぐんぐん圧迫されているような気分だった。知らない感情だった。しかし、どこか根源的に思える感情だった。

——たまんないよね、勝手に腹の中に入り込んでくるんだから——

「勝手に、腹の中に……」

「何……？」

ひかりの表情が初めて揺れた。姫川の顔を見つめたまま、彼女は一歩後退した。その距離を取り戻すように、姫川はさらに足を踏み出した。

「ちょっと……」

——このカマキリ、もう死ぬね——

「俺を馬鹿にするな……」

——もう死ぬね——

周囲の景色が急激に白く塗りつぶされていった。鼻の奥の熱い風船は、もう限界まで膨らんでいた。秒を刻むごとに、姫川の脳は圧迫され、潰され、歪《いびつ》に変形した。いまにも顔のどこかから、それは洩れ出てくるのではないかと思われた。姫川の靴裏に潰されたカマキリの、醜い内臓が、濡れた歩道にはみ出していたように。

「カマキリ……」

あの感触。

「え……」

あのときの感触。

（3）

「おお、亮くん。ここにいたのか」

防音ドアがひらき、骸骨のような野際の顔が覗いた。倉庫の中をひとわたり見回して、野際はふんふんとうなずく。

「なかなか、はかどったみたいだな」

「野際さん——このスタジオ、閉めるんですか？」

野際に身体の正面を向け、声が震えないよう注意して、姫川は訊いた。野際は一瞬、戸惑うような表情を見せてから訊き返す。

「ひかりちゃんから、聞いたの？」

姫川は無言でうなずいた。野際は一度大きく息を吸い、長々と時間をかけて吐き出した。

「そういうことなんだ……きみたちには、あとで俺からちゃんと説明するつもりだったんだけどね。まあ、聞いちゃったんならしょうがない」

「高校時代からお世話になってたから、残念です」

姫川はジーンズのポケットに両手を突っ込んだ。

「ひかりちゃんも同じことを言ってくれたよ」

「ひかりは、俺たちよりもずっとここに世話になってましたもんね。客として——そのあとはスタッフとして」

「申し訳ないね、ほんとに。ひかりちゃんは新しい仕事を見つけなきゃならないし、きみたちは新しい練習場所を探さなきゃならないわけだし」

「俺たち、バンドはじめてから、ここ以外で一度も練習したことないんですよね。いまさらほかのスタジオ借りるってのも——なんだか変な気分です」

「大宮駅の近くに、あと一箇所だけバンドスタジオがあるから、今度場所を教えるよ」

「ここは、いつまでやってるんですか？」

野際はやけに時間をかけて、ワイシャツの腕を胸の前で組んだ。

「年内一杯だな」

「じゃあ、今日が最後の練習になるんですね」

「ああ、そうか……最後になるのか……」

野際は寂しげに眉尻を下げた。そのまま彼は、しばらく床を見つめていた。口の中でぶつぶつと何か呟き——それから不意に顔を上げる。

「そうそう、谷尾くんと竹内くんが来てるよ。それを言いに来たんだった」

野際は親指で背後を示した。

姫川は腕時計を確認する。練習のはじまる四時まで、あとちょうど十分。ドアに向かって歩を進め、野際のすぐ脇を過ぎ、姫川はブースを出た。最後に背後を振り返り、微笑した。

「あとでな」

倉庫の真ん中で、先ほどから呆然と立ちつくしていたひかりは、ぎこちない仕草でうなずいた。


待合いスペースに戻ると、竹内と谷尾がテーブルについていた。桂はテーブルの下に上体を潜り込ませ、まだツインペダルをいじっている。姫川となるべく視線が合わないようにしているのかもしれない。

「おう、亮」

谷尾がマイルドセブンの煙をもやもやと吐きながら片手を上げた。

「今日はライブ前の最後の練習だから、録音するぞ。竹内がMTR持ってきた」

姫川を見る谷尾の様子に、別段違和感はなかった。一週間前の駅のホームでは、やはり彼は何も見なかったのだろうか。

「重たかったぞ、これ」

わざと疲れ果てたように言いながら、竹内が大きなバッグの中から四角い機械を取り出す。40GBのハードディスクを搭載し、8トラックまで録音可能な竹内自慢の高級機種だ。ライブ直前の練習では、これを使って演奏を録音し、あとでメンバー全員で聴くというのが通例となっている。演奏の出来の、最終的なチェックをするためだ。

「でも、あれだよな。こうやっていつも録音してるけど——毎回俺たち、ただ再生して聴いただけで、なんとなく満足しちゃってんだよな」

竹内の言うとおりだった。それがいつものパターンだ。

「少なくとも、記念にはなるんだからいいじゃねえか」

言いながら、谷尾は灰皿に灰を落とした。

「記念……はは」

「そういう顔するな、なにもまるっきりの冗談言ってるわけじゃねえんだ」

谷尾は竹内に上体を向ける。

「ほれ、歳とったら高い声だって出なくなるし、ドラムだって叩けなくなる。ベースの低音弦は押さえられねえわ、ギターのチョーキングはできなくなるわ——」

「ああ、そりゃそうなるかもな。よっぽど歳とったら」

「だろ？　だからな、もしそうなったとき、自分で演奏するかわりに、テープを聴きゃいいんだ。その気にだけは、なれるだろ。演奏してんのは自分なんだから」

「でも、なんかそれ虚しくないか？」

「実際に演奏しようとして、昔と変わった自分に気づいちまうほうがよっぽど虚しい」

谷尾は口を丸くして空中に煙の輪をつくろうとしたが、上手くいかず、何か呟いて煙草を灰皿に押しつけた。

「今日の録音は、とくに記念になるかもしれないぞ」

姫川は丸椅子の一つに腰を下ろしながら言った。

「どうも、ストラト・ガイでの最後の練習になるらしい」

谷尾は灰皿の上でぴたりと手を止め、竹内は首を回して振り返った。桂も上体を起こし、姫川の顔を見る。

「何で最後なんですか？」

桂が訊いた。

「閉めるんだって。ここ」

姫川は、先ほどひかりと野際から聞いた話を三人に伝えた。なんとかならないのかとか、野際を説得してみようじゃないかとか、そういった青臭いことを言い出す者はいなかった。みんな、ストラト・ガイの経営が思わしくないことには以前から気づいていたのだ。ブースの使用状況を見ていれば、なんとなくわかるし、野際とは付き合いが長いので、深刻な愚痴をこぼされたことだって何度かある。

長いあいだ、姫川たちはテーブルを囲んで沈黙していた。谷尾は灰皿の吸い殻をぼんやりといじり、竹内は膝の上に置いたＭＴＲの端を指先でかつかつと叩いていた。桂はダウンジャケットの腕を胸の前で組み、唇を尖らせて虚空を見つめている。姫川がテーブルについてから、彼女はその姿勢をずっと維持していた。

「まあ、あれだな。こういった商売も――」

谷尾が何か同情めいたことを言いかけたとき、野際が倉庫のほうから戻ってきた。自分に向けられた四人の顔つきから、野際は姫川がすでにスタジオを閉める話をメンバーたちに伝えたことを了解したらしい。両目をしょぼつかせ、侘《わ》びしそうに笑ってみせた。

「俺、これからどうすりゃいいんだろうな」

びっくりするほど虚ろな声だった。姫川たちはじっと野際に顔を向けていたが、野際の目は誰の顔も見ていなかった。

「何か、音楽関係の別の商売をはじめるってのは？　だってほら、ノウハウとか人脈はあるわけだから」

竹内がさも名案といった調子で声を上げると、野際は驚いたように竹内を見た。そのまましばらく視線を宙に浮かせていたが、やがてぱちぱちと瞬《まばた》きをして声を返す。

「無理だよ、もう」

「資金とか、そういったことがアレだから？」

谷尾が気遣わしげに抽象的な質問をすると、野際はゆるゆると首を横に振った。

「野際さん、元気出してくださいよ」

桂が明るく声をかける。

「ほら前に野際さん、言ってたじゃないですか。人生は……人生というのは……」

桂は口をあけたまま言葉を切った。野際が人生について何と言っていたのかを忘れてしまったらしい。たしか姫川も、何かとても深みのある言葉を以前に野際の口から聞いたことがあるような気がしたが、やはり思い出せなかった。付き合いは長いが、印象は薄いのだ。

「——何でしたっけ？」

諦めて桂が訊くと、野際は溜息のように小さく笑った。

「もう、憶えてないよ」

そのままゆっくりと待合いスペースを通り抜け、野際は出口のほうへと向かう。

「野際さん、どこ行くんだ？」

谷尾が椅子から腰を浮かせて訊いた。

「ちょっと、用があってね。きみたち、もうブースを使っていていいよ。最後だから、どこでも好きなところに入ってくれて構わない」

野際は出口のドアに手をかけ、ふと立ち止まった。細いワイシャツの背中を丸め、顔だけで振り返る。

「練習が終わったら、倉庫にひかりちゃんがいるから」

野際はドアを出ていった。

「野際さん、二時間も帰ってこないつもりか？」

谷尾が片眉を上げる。

野際はしばらく戻ってこない。

「スタジオを閉めるってのは、いろいろと大変なんだろ。機材の処理とかがあるからさ。まあ、スタジオじゃなくても、自営業の店を畳むってのは、どんな商売でも大変なんだろうけどな」

竹内があまり内容のないことを言い、そのまま首を傾けて谷尾のほうを見た。

「じゃ、もうはじめちゃう？」

「四分ばかし早いけど——そうだな、やるか」

谷尾が練習の開始時間をずらすのは初めてのことだった。

「俺、トイレだけ行っとくわ。谷尾、そのMTR、ブースに持ってってといてくれるか？」

返事も待たず、竹内はカウンターの脇にあるトイレに入っていく。谷尾は鼻息を洩らしながらベースケースを肩に背負い、MTRを抱え上げた。

「せっかくだから、『1』にするか。あんまし使ったことなかった気もするしな」

誰にともなく言いながら、谷尾は待合いスペースを出ていった。『1』のブースは廊下の一番手前にある。普段、ブースは廊下の奥のほうから優先的に貸し出されるので、たしかにこれまでそこはあまり使った記憶がなかった。

姫川はギターケースを摑んで立ち上がった。

「桂、俺――」

「ドライバー返してこないと」

姫川の言葉を遮《さえぎ》るようにして、桂はテーブルを離れていった。小さな後ろ姿が、足早に廊下の先へ消えていくのを、姫川はぼんやりと見送った。

トイレの中から、水を流す音が聞こえてくる。

姫川は『1』のブースの防音ドアをあけ、中に入った。谷尾がベースのエフェクターを床に並べているところだった。ドアの音に、ちらりと姫川を振り返る。しかし彼は何も言わず、また床に向き直った。

「ここのトイレも、もう最後かもしれないな」

半笑いで、竹内がブースに入ってきた。

「あとで、もう一回ぐらい行っとこ」

そのすぐあとで、片手にツインペダルをぶら下げた桂が入ってきた。真っ直ぐにドラムセットへと向かう。姫川の視線を避けるような足取りだった。しかし姫川の目は、じっと桂を追っていた。桂がダウンジャケットを脱ぐ。中は半袖のTシャツ一枚で、首の後ろに、微かに革紐がのぞいているのが見えた。

ブースの隅、左右に一つずつ録音用のマイクを据え、竹内がそれぞれのプラグをＭＴＲに接続した。

「桂ちゃん、ちょっとシンバル鳴らしてみてくれる？」

桂がクラッシュシンバルを鳴らし、その音にＭＴＲのデジタルゲージが反応しているのを確認すると、竹内は録音ボタンを押し込んだ。

「よっしオーケー。じゃ、**“Walk This Way”**からね」

竹内はヴォーカル用のマイクスタンドの前に移動し、桂に向かって合図を送る。桂は両手でスティックを回し、バスドラムとハイハットではじまる力強い８ビートを叩きはじめた。姫川がギター・リフを乗せ、そこに竹内の声と谷尾のベースが入り込む。

奇妙な曲だ。

歌詞の意味がさっぱりわからない。ＣＤに付属している歌詞カードの日本語訳を読んでも、まだわからない。何やら卑猥な単語がやたらと並んではいるが、どうも英語の歌詞と一致していないように思える。そもそもその英語のほうも、歌詞カードに書かれたものとＣＤの中で歌われているものが微妙に違っているのだ。語学に疎《うと》い姫川が聴いてもすぐにわかるほど、あちこち違っている。いつだったか竹内が、彼の姉の知り合いで医者をやっているアメリカ人に、この曲の歌詞の意味を訊ねたことがあるらしい。アメリカ人はしばらく歌詞カードを神妙な顔つきで覗き込んでから、半笑いの顔で**“Nothing”**と答えたそうだ。もう何度、姫川たちはこの曲を演奏しただろう。何十回。もしかしたら百回以上。歌詞の意味もよくわからずに。

演奏は疾走感を増し、曲はサビに向かっていく。竹内がマイクを齧《かじ》るようにして高音でシャウトする。

**Walk this way**
**Walk this way**

父の声を、姫川はスピーカーの叫びの中に聞いた気がした。

——俺は、正しいことをした——

死の直前、姫川を枕元に呼んで囁いた言葉。

——正しいことをした——

掠れた父の声。

**Walk this way**
**Walk this way**

同じことをやれ。

俺と、同じことを。

姫川の左手はネックの上を走る。右手のピックが弦を刻む。しかし姫川の目は、ドラムセットの向こう側にいる桂を見据えたまま動かなかった。

ブース内で鬩《せめ》ぎ合う高音と低音。乾いた8ビート。叫び声。その中で、父の声はだんだんと大きくなっていった。視界の中心に、前髪を乱した桂の姿を捕らえながら、姫川は腹の底で、ある感情が急速に沸き立つのを感じていた。肋骨の内側で、心臓が激しく鼓動している。血流が全身を締めつけるように走り、脈と同時に周囲の景色が明滅する。口から手を入れられて、頭の中を引っ掻き回されているような感覚があった。――できるだろうか。ひかりを殺すことはできるのだろうか。ほんの短時間で、それをやることは果たして可能なのだろうか。廊下を走る。倉庫に行き着く。ふたたび廊下を戻る。このブースのドアを入る。

同じことをやれ。

同じことを。

子供の頃から、姫川は平凡な人生にずっと憧れていた。ほとんどの友人の生活を羨ましく思いながら生きてきた。小学校の授業を受けているとき、中学校の仲間と街を歩いているとき、高校の体育祭でふと周りを見回したとき、姫川は唐突に、奇妙な違和感をおぼえることがあった。まるで世の中の日本語がすべて、逆さまに書いてあるのを見てしまったかのように、生きていくのがひどく難しいことに思えるときがあった。生きるという作業が、恐ろしく難易度の高いもののように感じられた。自分は誰を手本にすればいいのだろう。自分は誰にやり方を教えてもらえばいいのだろう。姫川はいつも一人で両手を突き出し、十本の指で目の前を懸命に探り、探り、探り——。

演奏がやんでいた。

二本のスティックを中途半端な位置で止めたまま、桂が姫川を見ている。彼女は両手をゆっくり、ゆっくりと下ろしていき——やがて身体の左右に脱力させた。スティックの先がスネアドラムの枠に触れ、カチ、と音が鳴った。

「亮……大丈夫か？」

声をかけてきたのは谷尾だった。姫川が立っているのと反対側の壁際で、谷尾は驚いたような顔をしている。竹内も同じだった。マイクを片手で握ったまま、奇妙な表情で姫川を見ている。

ようやく姫川は、自分が曲の途中からギターを弾いていなかったことに気がついた。

「……何でもない」

絞り出すようにして姫川は声を返した。ギターを肩から下ろし、壁に立てかける。

「トイレに行ってきてもいいか？」

自分の声なのに、まるで他人が喋っているようだった。

姫川の言葉に、三人の表情は同時に緩んだ。

「大か？　小か？」

谷尾が脱力した様子で訊く。

「中か？」

竹内も意味のわからない言葉を添える。桂はドラムセットの向こうで、スティックでとんとんと肩を叩きながら笑っていた。

「録音、止めとくぞ」

竹内が床に置いたＭＴＲに向かおうとするのを、姫川は制した。

「いや、大丈夫。すぐに戻るから」

防音ドアのレバーを引く。一枚目を抜け、二枚目のドアを押しあける。後ろ手にドアを閉めると、それまで微かに聞こえていたホワイトノイズが消え、廊下の静けさがしんと全身を包んだ。姫川は左手の、待合いスペースのほうへと身体を向け、数歩進む。そこでぴたりと立ち止まると、素早く身体を反転させながら床にしゃがみ込む。そのまま床を這い進むような格好で、姫川はたったいま出てきたブースのドアの前を抜けた。ドアの小窓から自分の姿が見えない位置まで来ると、身体を起こし、それと同時に廊下を走り出す。Ｌ字の角を折れ、さらに進む。右手に並んだブースのドアの前をつぎつぎ通り過ぎ、突き当たりの倉庫まで一気に駆け抜ける。倉庫のドアに身を寄せ、姫川は小窓から中を覗き込んだ。血管がずくずくと脈打つ。そろりと右手を伸ばし、姫川はドアのレバーを握った。

＊　＊　＊

アンプのホワイトノイズを聞きながら、谷尾はドラムセットの向こう側にある桂の顔をじっと見つめていた。桂は先ほどから、姫川が出ていったブースのドアに、ぼんやりと目を向けたままでいる。

いまの演奏の中で、桂のドラムに若干の乱れがあったことに谷尾は気がついていた。きっと姫川のせいなのだろう。一週間前の、あの——。

「あ。あ。え。現在亮が用を足しに行っているところです」

竹内がマイクに向かって言う。あとでＭＴＲの録音を聞いて笑うつもりなのだ。

「小なので、すぐに戻る予定」

谷尾はなんとなく腕時計を覗き込んだ。姫川がブースを出て、その姿がトイレのある待合いスペースのほうへ消えてから、そろそろ一分になる。

「そういや、桂ちゃん。なんか今日、えらい気合い入ってるね」

竹内がマイクから口を外して壇上に声を投げた。桂はスティック同士をこつこつと叩き合わせながら笑い返す。

「最後の練習ですから」

「だよな。あとはライブまで——あ、じゃなくて、そうか」

竹内は唇を曲げて首を突き出した。

ここストラト・ガイは、年内一杯でとうとう営業を終えるらしい。今日が最後の練習になるのだ。次回からの練習場所を、来週のライブのあとにでも決めなければなるまい。メンバーそれぞれの自宅の場所を考えると、やはり大宮駅周辺でスタジオを探すのが無難なのだろう。そうすれば、練習後に舞の屋で馬鹿話をするというお約束も、つづけることができる。

気づけば、谷尾の視線はいつのまにかまた桂を捕らえていた。

一週間前、大宮駅の線路越しに見た光景。ホームの端に並んで、月を見上げていた姫川と桂。何かの言葉を交わし合ったあと、姫川が突然桂のほうへ腕を伸ばし、彼女の腰を抱き寄せた。桂は抵抗しなかった。その小さな背中が驚いたような様子を見せたのは、ほんの一瞬のことだった。しばらくのあいだ、姫川は桂の身体を抱いていた。背後に電車が到着する音を聞きながら、谷尾はその光景から目をそらせずにいた。

あのときが、初めてだったのだろうか。それとも姫川と桂のあいだには、以前から関係があったのだろうか。——思えばこれまでも、二人のあいだで交わされる微妙な目線が気になったことはあった。姫川が桂を見る。桂は姫川に微笑を返す。その微笑は、たとえば、人混みの中で握られた手を、そっと握り返すような類のものだった。

電車に乗り込もうとする人々に身体をぶつけられながら、谷尾は線路の向こう側の二人を見ていた。姫川の顔が、不意に動いた。桂の顔に重なろうとした。——谷尾は耐えきれず、二人に背中を向けた。人の波に呑まれるようにして、車両の中に流れ込みながら、谷尾はひかりのことを考えていた。

彼女は、二人の関係を知っているのだろうか。

「お、戻ってきた」

竹内の声で我に返る。

ドアの小窓の向こう側に姫川の姿があった。左手の、トイレがある側から首を伸ばし、こちらを覗き込んでいる。中で音を鳴らしていないかどうかを確認したのだろう。演奏中に過ってドアを二枚一気にあけてしまうと、廊下に大音量が流れ出してしまうからだ。もっともいまはそれに驚いたり、顔をしかめる人間は誰もいない。スタジオ内にいるのは**Sundowner**のメンバーと、ひかりだけだ。

「悪い、お待たせ」

姫川がブースに入ってきた。壁に立てかけてあったギターを抱え、ストラップを肩に回す。

谷尾は頭の中をめぐる煩《わずら》わしい考えを振り切り、姫川に笑いかけた。

「早かったな」

「お前が時間にうるさいから、急いだんだよ」

軽口を叩く姫川の額は、うっすらと汗で濡れていた。本当に急いで用を足してきたらしい。

「あ。あ。え。亮が小用から戻ってまいりましたので、練習を再開いたします」

竹内はメンバーたちの顔を順繰りに見やり、それぞれの準備ができていることを確認した。

「じゃ、もう一回 **“Walk This Way”** の頭からね」


一度、姫川がギターソロに入るタイミングを逃したほかは、メンバーの演奏にミスはなかった。二時間の練習が終了すると、それぞれが楽器と機材を片付けてブースを出た。

「少しくらい時間オーバーしてもよかったんじゃないか？　予約が詰まっているわけでもないし、野際さんもいないんだから」

待合いスペースに戻りながら竹内が言う。谷尾は首を横に振った。

「そういうわけにはいかねえだろ。けじめってもんがある」

しかしそれは本心ではなかった。単に、自分が嫌なだけだ。どういうわけか谷尾は昔から、決められた時間通りに行動しないと気分が悪いのだった。アリバイ崩しものの推理小説を好んで読みつづけてきたせいだろうか。

「けじめね……」

竹内が唇の端で笑う。谷尾は話題を変えた。

「ひかりは何やってんだろうな。こっちに呼んでみるか？」

倉庫のほうへ身体を向ける。

いや、と素早く声を上げたのは姫川だった。

「それは、まずいんじゃないか。あいつ、いま相当に忙しいみたいだから」

「忙しいって、何やってんだ？」

「倉庫整理。機材の状態を、ぜんぶチェックしてるらしい。業者に売るんだと」

「そうか。忙しいんなら、邪魔しないほうがいいかもしれねえな」

忙しいときに話しかけられると、ひかりは猛烈に機嫌が悪くなる。

谷尾は待合いスペースの椅子に腰を下ろしてマイルドセブンを咥えた。姫川と竹内と桂もテーブルにつく。煙草の先端にライターの火を近づけながら、谷尾はちらりと桂を見た。ドラムを二時間叩き終えた彼女は、まだ半袖のTシャツ姿だ。

「いま、ふと思ったんだけどさ」

しばしの気だるい沈黙のあと、不意に姫川が顔を上げた。

「……野際さん、大丈夫かな？」

何のことを言っているのか、一瞬わからなかった。姫川は言葉を添える。

「いやほら、野際さん、まだ戻ってきてないんだよな。ここがつぶれるってことで、ひょっとして変なことでも考えてるんじゃないかと思ってさ」

「変なことって？」

竹内が訊き返す。

「これまで野際さん、このスタジオがすべてだっただろ？　一人で立ち上げて、結婚もせずに。それが今年一杯で駄目になるっていうんだから……やけになってもおかしくないとは思わないか？」

姫川の深刻な顔を見て、「はっ」と竹内が短く笑う。

「まさかお前、自殺とか、そういったこと言ってんの？　もともと死体みたいな野際さんが自殺なんてするかよ」

竹内の言い分はよくわからない。

「だといいんだけど……なんだか俺、心配でな。ちょっと近くを捜してみないか？」

いきなり椅子から腰を浮かせ、姫川は谷尾と竹内の顔を見比べた。谷尾は内心で首をひねる。姫川の様子に、どこかつくっているようなところがある気がしたのだ。自分の思い過ごしだろうか。言葉や態度の一つ一つに、何か底意があるように感じられて仕方がない。

谷尾はとるべき態度に迷った。竹内は顔の前でひらひらと片手を振る。

「大丈夫だっての。そんなに心配することないって」

「心配なんだよ。頼む、いっしょに捜してくれ。ちょっとそのへんを見てくるだけでいいんだ」

姫川の目は真剣だった。竹内は驚いたように姫川を見ながら何度か瞬きし、ちらりと谷尾に顔を向ける。谷尾は首をひねってみせた。

「じゃあ、あの……行きましょうよ」

最初に立ち上がったのは桂だった。

「そのへん、ちょっと見てきましょう。なんか、あたしも心配になってきた」

「まあ、それで亮の気が済むんなら」

竹内が苦笑しながら腰を上げる。

「——谷尾、行くか」

「ああ、どうせ暇だしな」

煙草を灰皿に押しつけ、やむなく谷尾も席を立った。早くも出口のほうに向かっている姫川に、三人はつづく。ドアに手をかけたところで、姫川が振り返った。

「一人は、ここにいたほうがいいだろ。野際さんが戻ってくるかもしれないからな。——桂、悪いけどここにいてもらってもいいか?」

桂はダウンジャケットを脇に抱えたままうなずき、テーブルに戻った。

「ライブ前に風邪引くとまずいから、上着はちゃんと着とけよ」

姫川は言い、谷尾と竹内を促して外へ出た。冬の短い日はすっかり暮れ、空はもう真っ暗だ。道の向かいにあるクリーニング屋の、クリスマスの電飾が、相変わらず派手に光っていた。

「俺はこっちのほうを見てみるから、二人はそっちに行ってみてくれ」

姫川はドアを出て右手に向かって歩いていった。谷尾と竹内は左手に進む。練習で火照った身体に、夜風が心地よかった。

「なあ谷尾、あいつ、どうしちゃったんだ？」

ジーンズのポケットに両手を突っ込み、歩道にぶらぶらと歩を進めながら竹内が首をひねった。その表情からして、彼も野際を真面目に捜そうという気はないようだった。

「さあ……昔から亮は、何だかよくわからねえとこがあるからな」

「だよな。まあ、これで俺たちが偶然、野際さんが首にロープ巻いてるところにでも出くわしたら、あいつの勘も大したもんだ」

「縁起の悪いことを言うな」

「何でよ。首にロープ巻いてるところを見つけるんなら、縁起いいだろ。野際さんの命を間一髪で救えるんだから」

竹内は口笛で器用にジョン・レノンの〝Happy Christmas〟を吹きながら夜の路地を進む。並んで歩く谷尾の頭の中では、先ほどからマライア・キャリーの〝Christmas (Baby Please Come Home)〟が流れていた。彼女のアルバムをすべて持っていることを、谷尾はまだ誰にも話したことがない。

予想どおりと言うべきか、野際の姿はどこにもなかった。五分ほどで、早くも谷尾は夜道をあてもなく歩いているのが馬鹿馬鹿しく思えてきた。ちらりと隣の竹内を見ると、彼も谷尾に顔を向けている。とくに言葉を交わしたわけではないが、なんとなく二人は同時に立ち止まり、それから同時に踵《きびす》を返した。

「ま、よくやったほうだろ」

竹内があくびまじりに言う。

「ああ、付き合いにしてはな」

「戻ったら、野際さん、普通にカウンターの向こうにいたりして」

「それならそれで事件解決だ」

「事件じゃないだろうよ」

谷尾と竹内はストラト・ガイに戻った。

「あれ、谷尾。桂ちゃんがいない」

待合いスペースにいるはずの桂の姿がどこにもなかった。姫川は、まだ外を捜しているのだろうが、桂はどこに行ったのか。——そのとき谷尾の頭の片隅を、ふたたびあの光景がかすめた。駅のホームで桂の腰を抱き寄せる姫川。それに応じた桂。もしや姫川は、もっともらしい理由をつけて自分や竹内を厄介払いしたのではないかという馬鹿馬鹿しい想像が、ふと胸をよぎる。そんな自分に嫌気を感じながらも、谷尾はやはり気になった。

「奥にいるんじゃねえか?」

言いながら、待合いスペースを抜ける。ブースの並んだ薄暗い廊下を進み、L字の角を折れる。すると廊下の奥に、桂の姿が見えた。倉庫の入り口に立って、ドアを動かしているようだ。

「――何やってんだ?」

自分の邪推が当たらなかったことに安堵しつつ、谷尾は桂に近寄った。桂は困惑げに眉を寄せて振り返る。

「誰も戻ってこないから、お姉ちゃんのとこに行こうとしたんです。でも、ウン、なんか、よいしょ、あかないんですよ、倉庫のドア」

「あかない?」

桂がレバーを握っているのは、二重になっているうちの奥のドアだった。手前のほうはあいている。

桂に場所をゆずってもらい、谷尾もドアを押してみた。たしかにあかない。微かに動きはするのだが、どうやら内側に何か重たいものが置かれていて、それがドアを塞《ふさ》いでいるようだ。倉庫は暖房が入っていないらしく、ドアの隙間から洩れてくる空気はひどく冷たかった。

「何かが邪魔してんだな、これ」

そのとき谷尾はようやく、ある不自然な点に気がついた。

「……明かりが消えてるじゃねえか」

倉庫の電灯が点《つ》いていないのだった。

「ひかりはこの中にいるのか？　いないんじゃねえのか？」

「いるはずなんです。事務室にもブースの中にもいないから。でも声をかけても、返事がないんですよ」

「おい、ひかり。何やってんだ？　おうい」

呼びかけながら、谷尾は小刻みにドアを押す。ごんごんとドアの内側が鳴り、そのたびに、ドアの動きを邪魔しているものが少しずつ移動しているのがわかった。このまま力任せに押してしまおうか。しかし、自分一人の力ではとても動かせそうにない。だいいち、内側にあるのがもし何か高価な機材だったらまずいことになる。

「お姉ちゃん、中で気でも失ってたりして。何かが落ちてきて、頭に当たっちゃったとか」

「まさか」

「コントやってんのか？」

振り返ると、竹内の顔がすぐ目の前にあったので驚いた。

「そんなもんやるかよ。いや、いまドアがな――」

谷尾が状況を説明すると、竹内は息だけで笑った。

「で、ひかりが気でも失ってるんじゃないかって？」

「俺が言ったんじゃねえよ。ただ、ドアがあかねえもんだから、俺もちょっと気になってな」

竹内は「どれ」と谷尾の横に割り込み、ドアを内側に何度か押す。そして谷尾を振り返り、にやりと笑った。

「谷尾、お前、見かけによらずけっこうビビリ屋なんだな」

「俺が？　何でだ？」

桂がその場にいたこともあり、谷尾は少々むきになって訊き返した。竹内はドアを顎で示して言う。

「内側にあるのが何だか知らないけど、そんなに重たいものじゃないぞこれ」

「いや、重たい。俺の力じゃほとんど動かなかった」

「動くさ。ただ本気で押してなかっただけだ。もし高級な機材だったらまずいと思って、無意識に力を加減してたんだろ。それをお前は、相手が重たいから動かせないんだと自分に思い込ませようとしていた。これを心理学の用語で『合理化』と呼びます」

わざとらしく丁寧な口調で説明を添えると、竹内はドアを両手で思い切り内側に押しはじめた。ずりずりと音を立て、ドアが移動していく。華奢《きゃしゃ》な竹内にできるのだから、たしかに谷尾にならもっと簡単にできていただろう。

「さっき俺が押したせいで、多少動きやすくなったんじゃねえのか？」

「それも『合理化』だ」

言ってから、竹内は「よっ」と最後にドアをひと押しした。目の前に生じた縦長の暗闇に、上体を差し入れる。ドアの隙間と小窓から差し込む光があるので、真っ暗というわけではないが、それでも中の様子はよく見えなかった。

「おうい、ひかり？」

返事はない。竹内は右手で壁の内側を探った。ぱちぱちぱちと電灯のスイッチが鳴る。しかし明かりは点かなかった。

「何で点かないんだ、これ……ひかり、いるのか？　大丈夫か？」

竹内は倉庫の中へと入っていく。その背中がすぐにガクンと動き、同時に「いて」という声が聞こえてきた。何かにつまずいたらしい。竹内は小声で悪態をつきながらさらに奥へと進む。谷尾と桂もつづいて倉庫に入った。中は寒い。機材の影が、暗がりの中にいくつも黒く浮き出していた。

「ここにいたのか」

背後で声がした。姫川も野際捜しから戻ってきたらしい。

桂が手早く事情を話した。

「明かりが点かないんなら――ブレイカーが落ちてるんじゃないのか？」

姫川の言葉に、桂は「あそうか」と応じた。

「ブレイカー、なるほど、そうですよね」

「どこにあるんだろうな。誰か、ブレイカーの場所知らないか？」

谷尾は首を横に振った。しかしすぐに、それが相手に見えなかったかもしれないと気づいて「知らねえな」と声を返した。竹内が「俺も」とつづける。

「俺、ちょっと探してくるよ。誰か——谷尾、いっしょに来てくれるか」

「ああ」

四人で暗がりを手探りしていても仕方がないので、谷尾は姫川といっしょに倉庫を出た。

「ブレイカーは、事務室か、カウンターの後ろだろうな」

「俺はカウンターのほうを見てくるよ。谷尾は事務室を探してくれ」

姫川は廊下を小走りに去っていく。谷尾は倉庫のすぐ隣にある事務室に入った。

ブレイカーは、あっけなく見つかった。ひかりが普段使っているデスクの上の壁に、それはあった。大きなメインスイッチが一つに、小さなスイッチが十数個。スイッチは上を向いてずらりと並んでいたが、一つだけ下を向いているやつがある。あれが倉庫のブレイカーだろうか。谷尾は靴を脱いでデスクに乗り上がり、試しにスイッチを上げてみた。

「……たな……」

スイッチを上げると同時に、倉庫のほうから竹内の声がした。明かりが点いたらしい。

「……これ……散らばっ……」

「……機材の……しれません……」

「……ぶつからない……」

「……転びます……」

竹内と桂の、不明瞭な言葉のやり取りが聞こえてきた。しかしあるとき、それが急に途切れた。ステレオのコンセントを抜いたような、本当に唐突な途切れ方だった。——竹内の大声が響き渡ったのはその直後のことだった。ひかりの名前を叫んでいた。ついで、桂の笛のような悲鳴が聞こえてきた。谷尾はデスクから飛び降り、素早く靴に両足を突っ込んで事務室を出た。倉庫のドアはひらかれたままになっていた。中は明るい。雑然と並べられた機材。床に散らばったシールド。竹内が振り返った。

「おい、谷尾、ひかりが——」

大きなアンプが一台、横倒しになっていた。部屋の奥側の、一段高くなった場所から、下の床に向かって、それは倒れかかっている。アンプの上端から、俯《うつぶ》せになった人間の首から下が突き出していた。それがひかりであることはすぐにわかった。桂が床に身体を投げ出し、つづけざまに姉に呼びかけている。反応がまったくない。桂は巨大なアンプの下に両腕を突っ込み、ひかりを引き摺り出そうとしていた。竹内も手を貸している。しかし頭を挟まれたひかりの身体は動かない。アンプの下から虚しい両腕を抜き出すと、桂のダウンジャケットの袖は真っ赤に染まっていた。

「動かすな！」

谷尾は桂と竹内に駆け寄った。

「触っちゃ駄目だ！」

桂が大声を上げて泣き出す。その声の中に、絶望感がたしかに混じっているのを聞き取り、谷尾は慄然とした。動かない誰かの身体に触れた人間が、このような泣き方をする理由は一つしか考えられなかったからだ。谷尾は桂の脇に膝をつき、床に投げ出されたひかりの片腕に恐る恐る手を伸ばした。トレーナーと軍手のあいだの、白い皮膚にそっと指先を這わせた。冷たかった。

「それ……ひかりか……？」

掠れた声に振り返る。入り口で、姫川が両目を見ひらいて立ち尽くしていた。

「ひかりか？」

もう一度同じことを言いながら、姫川は雑然と並んだ機材に身体をぶつけるようにして近づいてくる。

「亮、駄目だ。ここにあるものに触れないほうがいい」

谷尾の言葉に、姫川はぴたりと立ち止まる。

「触れないほうがいい……？」

聞き取れないほどの声で訊き返すと、姫川はひかりの身体を凝視した。

ごくりと唾液を呑み下し、谷尾は声を絞り出した。

「警察を呼ぼう」

# 第三章

そう　そう　そう　そう
よく知ってるじゃないか
きみのパパはいつだって強引なやり口
叫んでも　叫んでも　叫んでも
夜の夜中じゃ誰も気づいてくれやしない
——Sundowner "Never-Heard Scream"

## (1)

冷たく白い靄に包まれた、あの声のない家の片隅で、父はいったい何を思っていたのだろう。見えない時計を片手に、残された自分の時間が刻々と減っていくのを感じながら、布団の中から一心に虚空を見据え、父はどんなことを考えていたのだろう。それが気になり、小学校一年生の姫川は一度だけ父の真似をしてみたことがある。ある日中、父がトイレに立ったときのことだった。そっと父の布団に入り込み、父と同じようにして、目の前の壁をじっと見つめてみたのだ。トイレを出た父の足音が、部屋のすぐそばに近づいてくるまで、ずっとそうしていた。座椅子と掛け布団に、父の体温が残っていた。鼻先に薬品の匂いがした。

しかし、頭の中には何も浮かんでこなかった。

「そこできみたちが、ブレイカーを探しに倉庫を出ていったんだね？」

「そうです——俺と、亮が」

「事務室のブレイカーを見つけたのは？」

「俺です。一つだけ下を向いてるやつがあって、それを上げたら、すぐに倉庫で明かりがつきました。そしたらこいつ——竹内の大声が聞こえて」

「なるほど……」

小学校一年生の姫川には、父の考えていたことはちっともわからなかった。しかし、いまならわかるのではないかという気がした。もしいまの自分が、布団に座椅子を持ち込み、じっと目の前の壁に視線を据えたとしたら、あのとき父の脳裏にあったものをはっきりと摑むことができるのではないかと。

自分と父は、これほどまで似ていたのだから。

自分と父は、同じだったのだから。

同じ方法で、同じ理由で、同じことをやったのだから。

「現場の床に、いろいろと散らばっていたけど、あれはそのときもうすでに？」

「ありました。俺たちは、とくに何もいじっていません。俺たちが倉庫に入ったときは、隈島さんが見たときと同じ状態でした。シールドなんかが、あんな感じで床に落ちてたのは、たぶんひかりが倉庫整理をしてたからじゃないかな……」

「シールド……ええと、谷尾くん、申し訳ない。そのへんあまり、詳しくなくてね」

「あ、すみません。コードのことです。楽器だの機材だのをつなぐコード」

「ああ、あの黒い——」

倉庫の中で、姫川はまったく混乱することはなかった。自分でも驚くほど冷静に事を運んだ。これが、血筋というものなのだろうか。

「脱線してしまってすまない。そして、きみが倉庫に戻ってみると、ひかりさんはすでにあの状態だったんだね？」

「ええ、俯せで、冷たくなってました。俺、ひかりの手首で脈を確認しようとしたんですけど、肌に触っただけで、生きていないことはすぐにわかって——そうしているうちに、亮も倉庫に戻ってきて」

「なるほど。そこで亮くんもひかりさんの遺体を見たわけだ？」

「……おい、亮」

「……亮くん？」

え、と姫川は顔を上げた。待合いテーブルの向こう側から、隈島と谷尾が姫川を見ている。

彼らの左右から、竹内と桂もそれぞれ視線を向けていた。桂のダウンジャケットの両腕には、竹内がティッシュでいくら拭いてやっても取り切れなかった血の痕《あと》が、赤黒く残っている。泣きすぎたせいか、桂の両目の下にはうっすらと隈ができていた。

「亮くん、大丈夫かい？」

隈島が心配そうに、太い半白の眉を寄せる。

谷尾の連絡で、このストラト・ガイにまず駆けつけたのはパトカーに乗った制服警官だった。そのすぐあとに、所轄署から捜査員たちが大勢でやってきた。捜査員たちの中に隈島の姿を見たとき、姫川は思わず身を硬くした。

谷尾や竹内や桂も、いつもライブを見に来てくれている姫川の知人が刑事だったと知り、それはそれで驚いたようだったが、姫川ほどの動揺はなかっただろう。隈島と目が合ったとき、姫川は一瞬にして腹の底が冷たくなるのを感じた。——何故、県警捜査一課の隈島がやってくるのだ。事故なのに。そう見えるよう仕組んだのに。その疑問を、先ほど姫川はそれとなく隈島に向かって口にしてみた。隈島は「念のため」と答えていたが、果たして本当なのだろうか。

自分が対決する相手として、隈島は最もありがたくない人物だった。彼は姫川を小学生の時分から知っている。顔を合わせて会話をした時間を計算すれば、もしかしたら父親よりも長いかもしれない。姫川が嘘を口にしたとき、隈島がそれを見抜く確率は、ほかの警察の人間に比べて格段に高くなってくるだろう。

「……平気です」

姫川は椅子に座り直した。隈島が大きな背広の肩をゆするようにして、テーブルの上にのそのそと上体を乗り出してくる。

「すまないね、亮くん。きみのショックは十分にわかっているつもりだ。でも、少しだけ協力してもらえるとありがたい」

「何でも訊いてください」

隈島はまた全員に質問を再開した。それは先ほどまでと同じ、形式的な質問で、ひかりの遺体発見までの経緯を、順を追って整理するためのものらしかった。それほど突っ込んだことは訊いてこない。もしかしたら本当に「念のため」の聞き取りなのかもしれない。

「あの……お姉ちゃん、どうなるんですか？」

桂が訊いた。ひかりの遺体が、これからどこでどうされるのかが気になるのだろう。遺体はすでに倉庫から運び出され、病院へと搬送されている。

「お姉さんのご遺体につきましては、これから検屍が行われることになります」

桂に対してだけ隈島の言葉があらたまったものになっているのは、やはり被害者の遺族だからなのだろうか。

「といってもまあ、あれです。要するに遺体がどんな状態なのかを調べるだけですので、それほど大げさなものじゃありません。もっとも、そのあと解剖が必要になる場合も考えられますが、そのときにはあらためてお伝えします」

ひかりが妊娠していることは、検屍によってすぐに判明するに違いない。腹の中の子供について、警察が真っ先に心当たりを訊ねに来るのは、ひかりと交際していた姫川のところだろう。そのときの対応を考えておかねばならない。それにしても、こういった場合、やはり子供の父親が誰であるかまで調査されるものなのだろうか。その調査結果だけは姫川も知りたかった。

「桂さんは、お姉さんとお二人で暮らしてらしたんですね？　ご実家――」

ありません、と桂は隈島の言葉を遮った。

「母は離婚して別の家庭を持っています。連絡先は知りません。父はずっと前から行方不明です」

行方不明、と隈島は口の中で繰り返しただけで、それ以上詳しいことを訊こうとはしなかった。

うつむいて拳《こぶし》で目をこする桂の肩を、竹内がぽんぽんと叩く。

待合いスペースに沈黙が下りる。つい先ほどまで、テーブルのすぐそばを制服の係官たちがせわしなく行き来していたのだが、いまはそのほとんどが引き上げていて、スタジオ内は静かなものだった。あれからほどなくして戻ってきた野際は、谷尾や竹内から事の次第を説明されると驚愕し、しばらくは放心状態だった。もうすぐ閉めるとはいえ、自分の経営するスタジオで死亡事故が起き、しかも死んだのが長年の付き合いがあるひかりだと聞かされたのだから当然だ。いま、野際は倉庫のほうで若い別の刑事と話しているところだった。

谷尾が煙草を咥え、ライターの火を先端に近づける。その手をふと止めて隈島の表情を窺《うかが》うと、隈島は手振りで問題ないと示した。谷尾は煙草に火を点け、天井に向かって落ち着きなく煙を吐き上げる。

「……すると、連絡先をご存知なんですね？」

廊下の奥から声が近づいてきた。野際といっしょに倉庫へ行った、若い刑事の声だ。

「ああいや、連絡先というか……まあ、住んでる場所を、ええ」

野際の声が応じる。何の話をしているのだろう。

二人の姿が見えた。西川《にしかわ》という名前の、隈島の部下らしい刑事が、野際と並んで歩きながら器用に手帳にボールペンを走らせている。歳は姫川よりもいくらか上なのだろうか。三十代半ば、あるいは若く見える三十代後半。背が高く、細面《ほそおもて》に彫刻刀で目鼻を彫ったような、尖った顔立ちの男だった。

「住所がおわかりになる。そうですか、助かります」

「はい、でもあの……」

野際が顔を上げ、こちらを見た。野際の目は桂を捕らえていた。

姫川はようやく理解した。二人はいま、ひかりや桂の父親のことを話していたのだ。

「その住所、いまお教えいただいても？」

西川が手帳を胸元に構えて訊いた。野際が答えないので、西川は怪訝《けげん》そうに細い眉を寄せる。

「あの、野際さん？」

しばしの間があった。

「父のことですか？」

桂が訊いた。

「野際さん、父の居場所を知ってるんですか？」

数秒の間を置いて、野際はうなずいた。桂は不思議なものでも見るように、無言で瞬きをする。谷尾と竹内は顔を見合わせ、互いに難しい表情をした。

姫川は驚いた。どうして野際がひかりと桂の父親の居場所を知っているのだろう。彼女たちでさえ知らなかったというのに。

「昔の音楽仲間を通じてね、三ヶ月くらい前に、偶然知ったんだよ」

野際が桂に答えた。

「ひかりちゃんには、そのことを伝えて……じつは、彼女は一度、お父さんと顔も合わせている」

姫川は思わず野際の顔を見直した。父親と会っていたなどという話は、ひかりから聞いたことがない。どうして言わなかったのだろう。何故、隠していたのだろう。——桂もショックだったようで、言葉も返さず、ただ野際の顔を見つめていた。

「桂ちゃんや亮くんに、彼女は話していなかったんだよね。ひかりちゃんから、そう聞いていた」

「お姉ちゃん、何で……」

野際は物思わしげな顔でテーブルに近づいてきた。

「桂ちゃんに対して黙っていたのは、やっぱり、彼女なりの気遣いだったんだと思う。そんなような意味の言葉を、ひかりちゃんの口から聞いたよ」

「気遣い？」

桂は野際の顔を見上げた。

「つまり……ひかりちゃんが会ったお父さんっていうのが、ずいぶん、あれだったらしいんだ。昔と変わってしまっていたらしいんだよ。まあ、はっきり言ってしまえば、ひかりちゃんはがっかりしたんだね。だから、そのことを自分の胸にだけ仕舞っておいて、桂ちゃんには黙っておこうと決めた」

野際は視線を下げ、「そういうことだと思うよ」と吐息混じりにつけ加えた。

「まあ、とにかくですね——野際さん」

自分の言動がなにやら小さな問題を引き起こしてしまったと気づいたようで、西川はわざとらしいくらいに事務的な口調できびきびと言った。

「被害者の父親の住所、お教えいただけますか？」

「わかりました」

野際は西川に左の掌を差し出した。その意味に西川はすぐには気づかずにいたが、やがて微かに不機嫌そうな顔をすると、自分の手帳とボールペンを相手の掌に乗せた。野際は、ひらかれていたページに無言でボールペンを走らせる。父親の住所を口で答えなかったのは、ひかりの思いを尊重したのだろう。

姫川は正面に顔を戻した。

「隈島さん――今回の事故は、どうやって起きたんだと思いますか？」

事故という言葉を、うっかり強調しすぎないよう注意した。

ひかりの死んだ状況を、警察がいったいどう捕らえているのか。これは先ほどから、ずっと口にしたかった質問だった。谷尾あたりが訊いてくれるものとばかり思っていたのだが、案に相違してなかなか質問してくれなかったので、仕方なく自分で口にしたのだ。

「正確なことはまだわからないんだがね、想像を交えて話すと――」

言いかけて、隈島はちらりと背後に目をやる。

「西川くん、きみもこっちに来て座ったらいい」

西川を呼んだのは、おそらく先ほどのひかりの父親の件のように、二人がばらばらに仕事を進めて、あとでおかしな齟齬《そご》が生じないよう気をつけたのだろうか。しかし西川は首を横に振り、自分の手帳の紙面を示した。内容は読めないが、先ほど野際が書き付けた、寝癖のような筆跡がそこにある。

「私は被害者の遺族に連絡してきます。電話番号を調べて、もし電話帳に載っていなければ、車でちょっと行ってきます。ここからそう遠くないようですので」

「ああ……そうだな、それがいいかもしれない。頼むよ」

西川は軽く敬礼のような仕草を見せると、まさに直進といった感じで、スーツの裾《すそ》を鳴らして出口へと向かった。しかしスウィング・ドアを押そうとしたところで足を止めて振り返る。

「被害者の母親のほうにも連絡を取りたいのですが——先ほど野際さんからお聞きしたところによると、連絡先は、妹さんもご存知ないんですよね？」

「知りません」

桂は小さくかぶりを振る。

「お父さんは、ご存知だと思いますか？　離婚したお母さんの住所を」

「もしかしたら、知ってるかもしれません。わかりません」

「訊いてみます」

被せるように言うと、西川はドアを押して出ていった。暗い屋外は少々風が出ているようで、黒いコートの襟が一瞬はためくのが見えた。

「彼は、若くてね」

見ればわかるようなことを隈島は言った。

（2）

野際が配ったインスタントコーヒーをすすりながら隈島が説明したところによると、ストラト・ガイの倉庫で生じた「事故」は、つぎのようなものだった。姫川は緊張しながら黙って耳を傾けていたのだが、隈島の説明が、おおむね期待していたとおりのものだったので安堵した。

ひかりの遺体の頭部を下敷きにしていたのは、マーシャル社製のギターアンプ。そのアンプは、キャビネットと呼ばれる四角いスピーカー部分が二段重ねになっていて、さらにその上に、ヘッドと呼ばれる操作パネルの乗っかった大型のもので、幅八〇センチ、高さは二メートル近くもある。まるで冷蔵庫のような代物だが、キャスターがついているので移動は女性一人でも簡単にできる。アンプが置かれていたのは倉庫の奥、一段高くなった部分だった。

「それが倒れて、壇の下にいたひかりさんの後頭部を直撃したらしいんだ。ひかりさんはそのとき、こう、頭を下げた状態で、アンプのほうに身体を向けていたんだろうね。でなければ、アンプの上端部分が後頭部にぶつかったりしない。おそらくひかりさんは、あのアンプを壇上から下ろそうとしていたんだろう。スロープの上を移動させて」

ではそのとき何故、アンプが倒れたりしたのか。それについて隈島は、段差部分に設置されていたスロープのずれが原因だったのだろうと説明した。

「あの金属製のスロープは、壇の高さにぴったりと合っていた。だから通常では、キャスターのついたものを壇上から下ろすとき、何も引っ掛かりなんてない。あんなに大きなアンプが倒れることなんて、わざとやらないかぎり、それこそ考えられないいんじゃないかと思う。きみたちにも十分わかっているだろうけどね。——ところが、さっき確認したところだと、そのスロープの縁が、壇から少しだけ離れていたんだ。つまり、壇の縁とスロープの縁のあいだに、ちょっとした隙間があったんだね。ほんの五センチほど」

その隙間にキャスターの前輪が嵌《はま》り、ひかりの引っ張っていたアンプが彼女に向かって倒れてしまったのだろうと隈島は言った。

「あとで、メーカーのほうにも問い合わせるつもりだけど——あれは、何キロくらいあるものなのかな。あのアンプは」

「一〇〇キロです」

即座に野際が答えた。もの問いたげな隈島の表情に気づき、すぐに言葉を添える。

「いえ、適当に言ってるわけじゃないんです。本当に、ちょうどその重さなんです」

いったん席を立ち、野際はカウンターの裏からアンプのマニュアルを持って戻ってくると、後ろのほうのページをひらいて隈島に説明した。

「二つ重なったキャビネットの部分が、それぞれ四一・五キロと三六・四キロ、ヘッドの部分が二二・〇キロ。足すとほら、ちょうど九九・九キロになります。これに、接続部分の金具やなんかの重さもありますから――」

「あ、ほんとに約一〇〇キロですね」

「ええ、そうなんです……」

まるでその重さが自分の過失であるかのように、野際は悄然《しょうぜん》と肩を落とした。

「ところで野際さん、どうしてあのアンプは倉庫に置いてあったんです？　普段は、お使いになってはいないんですか？」

「いえあの、あれは要望があったときに、別料金で使ってもらってるんです。一台しか手に入らなかったもので――どこか一箇所のブースにだけ置いておくっていうのも、不公平でしょうから」

「不公平……ええと……」

いまいち話を摑めずにいる隈島に、竹内が助け船を出した。

「限定生産品なんですよ、あれ。ギターを弾く三十代以上の人間なら、誰でも一度は使ってみたいと思ってるんじゃないかな。Ｓｕｐｅｒ１００ＪＨ」

「スーパー……？」

「名前です、あのアンプの。昔ジミ・ヘンドリックスって人がジム・マーシャルの店で買ったＳｕｐｅｒ１００ってアンプがあって、それをマーシャル社が四十年くらい経ってから復刻したんですよ。それがあの限定生産のアンプで、当時の外観とか構造を、完全にコピーしてあるんです」

「なるほど、コピー……」

――同じことをやれ――

ブースで聞こえた父の声。

――俺と、同じことを――

「亮も、前に使ったことあるよな」

唐突に訊かれ、姫川はすぐに反応することができなかった。

「……え」

「あのアンプだよ。別料金払って、お前も使わせてもらっただろ？」

「ああ、一回だけな」

「それにしても……あのときブレイカーが落ちてたのは、どうしてなんだろう」

独り言のように呟いたのは谷尾だ。

「そうそう。それが、私にもよくわからないんだよ。あとでもう一度、じっくり現場を見てみるつもりなんだが——」

隈島は背中を丸め、手元の紙コップに視線を落とす。

「まあ当然、倉庫の中で急に使用電力が高まったんだろうね。あの部屋だけブレイカーが落ちたわけだから」

谷尾は納得がいかないらしかった。

「でも隈島さん、電力を使うものなんて、倉庫にはアンプだのミキサーだのしかないですよ。そんなもので、ブレイカーが落ちるもんですかね。だって——ねえ野際さん、あそこは倉庫っていっても、もとはブースだったわけだから、ブレイカーのアンペア数も、ブースと同じなんでしょ？」

野際はうなずいた。谷尾は眉根を寄せ、ますます難しい顔になる。

「だったら、機材の電力くらいじゃ、やっぱしブレイカーは落ちねえよな……」

しばらくのあいだ、谷尾はテーブルの上を睨みつけていたが、やがて手にしていた煙草を灰皿に突き刺すようにして消した。

「隈島さん——倉庫、入ってみてもいいですか？」

倉庫に向かう廊下の途中で、まだ居残っていた制服の係官たち数人と行き会った。彼らは隈島に自分たちの仕事を終えたことを報告し、隈島は何か二言三言、喋り慣れた様子の言葉を返した。

「何かわかったら、すぐに報告してくれ」

「了解しました」

係官たちはそのまま廊下を歩き去り、出口へと向かう。これで、スタジオ内にいるのはもう**Sundowner**のメンバーと野際、そして隈島だけだった。

倉庫の中は、大人が六人も入るとずいぶん狭く感じられた。ブースと同じ広さなのだが、こちらには物がたくさん詰め込まれているので、人間の動き回れるスペースはずっと狭いのだ。とくにいまは、床に乱雑に置かれた機材のせいで、足の踏み場が少なくなっていた。

「……指紋まで採《と》ったのか」

谷尾がぼそりと言う。電灯のスイッチや棚、機材の表面にうっすらと見える白色の粉には、姫川も先ほどから気がついていた。床に倒れたままの、巨大なＳｕｐｅｒ１００ＪＨにも、もちろん粉は付着している。

「まあ、ただの手順だよ。わざわざ一課の私らがやってきて、指紋も採らずに帰るわけにはいかないからね」

言ってから、隈島の目がちらりと姫川の顔に向けられた。一瞬のことだったが、明らかに相手の表情を確認する視線だった。何だろう、いまの仕草は。——姫川はゆっくりと身体の位置をずらし、頬の硬直を悟られないよう隈島に背中を向けた。

「黒とか、紫の粉もついてますけど、あれは何です？」

竹内が隈島に訊く。しかし先に答えたのは谷尾だった。

「あれも指紋採取用の粉だ。テレビドラマなんかじゃ白いやつばっかり使ってるけどな、実際の現場ではいろんな色の粉を混ぜて使う」

「ああ、そうなんだ……」

ほお、というような顔をして隈島が谷尾を見た。

「詳しいね」

「本で読んだもんで」

話が面倒になると思ったのだろうか、谷尾は父親の話は出さずに誤魔化した。隈島は、いろんな本があるからなというようなことを呟いてうなずく。

谷尾は入り口のほうを振り返った。

「ドアがあかなかったのは、あれのせいだったのか……」

防音ドアのすぐ脇に、バスドラムが置かれている。ひかりの遺体が見つかる直前、桂や谷尾や竹内が倉庫に入るのを妨げていたものだ。

「何でまたひかりは、あんな場所にバスドラムを置いてたんだ？」

「たまたまだろ。これだけ大がかりに倉庫を整理してたんだから」

竹内が雑然とした室内を見渡して言った。

「まあ……そうなんだろうな」

谷尾は納得してくれたようだ。

「隈島さん、ちょっとそのへん触っても大丈夫ですか？」

隈島の承諾を得て、谷尾は倉庫の中を歩き回りはじめる。姫川たちは黙ってそれを目で追っていた。谷尾は床に散らばったシールドを指先で掻き分けたり、アンプ置き場になっている壇上に上って、並んだアンプの操作パネルを覗き込んだりしていた。

「ん……あ？」

やがて、谷尾は妙な声を洩らした。全員がそちらに注目する。谷尾は壇上で身を屈め、何かを追うように、しきりに視線を床に走らせている。

「そういうことか……」

どうやら谷尾は気づいたらしい。

「どういうことだ？」

すぐさま訊いたのは竹内だ。谷尾は身を起こし、説明する。

「ここにあるアンプ、ほとんど電源スイッチがＯＮになってるんだ」

「そうなのか？　でも……どれもパイロットランプが光ってないぞ」

「そりゃそうだ。大もとのコンセントが抜けてる」

谷尾は倉庫の入り口を指さした。全員が振り返ってそちらを見る。防音ドアのすぐ脇、床の近くに、コンセントの差し込み口がある。差し込み口の下には、そこから抜け落ちた太いコンセントがぽつんと横たわっていた。

「見てみろよ、竹内。それ、大型タップのコンセントだろ？」

大型タップというのは、家庭で使われる延長コードの大きなやつだ。差し込み口が十個も並んでいて、タップ自体にメインスイッチもついている。そのスイッチにより、接続されたすべての電気機器のON・OFFを一斉に切り替えることができるようになっていて、スタジオやライブハウスではよく使われているものだ。

「そのタップのコード、辿ってみてくれ。床にシールドが散乱してるから、ちょっとわかりにくいかもしれねえけどな」

谷尾に言われ、竹内が床に目を這わせながら倉庫の中を移動しはじめる。ドアの脇から延びた大型タップのコードは、床を進み、谷尾のいる壇の手前あたりまで延びていた。つまりそこに、大型タップの四角い本体部分が転がっているのだった。

「その本体に、また別の二つの大型タップのコンセントが差し込まれてるだろ？　その二本のコードは、どっちもこの壇上に延びてる。で、先端はここだ」

谷尾は足元から二つの大型タップの本体を持ち上げた。それぞれに差し込み口が十個ずつ、合計二十個ついているのだが、それらはたった一つを残してすべて埋まっている。壇上に並んだアンプのコンセントが、びっしりと差し込まれているのだ。

「何でそんな……」

谷尾の手にしたタップを見て、野際が心底不可解そうに眉を寄せた。

「完全に想像だけど、要するにこういうことだったんじゃねえかと思う」

谷尾はタップを床に戻して説明する。

「たぶんひかりは、ここにあるアンプの状態を確かめようとしてたんだ。ぜんぶ、ちゃんと電源が入るかどうかを。ひかりはまず、ドアの脇にあるその差し込み口に、大型タップのコンセントを差し込んだ。で、そのタップからまた二つのタップを枝分かれさせて、それぞれのタップの本体に、アンプの電源ケーブルを差し込めるだけ差し込んだ。合計二十個だ。そうした上で、ひかりはアンプの電源を順番に入れていった。一つ入れて、二つ入れて、三つ入れて——最後にその馬鹿でかいマーシャルアンプの電源を入れたとき、ブレイカーが落ちた」

ああ、と声を洩らしたのは竹内だった。

「なるほど、それは考えられるかもな。でも、どうしてマーシャルのケーブルだけ抜けてるんだ？　さっきの、一つだけ空いてた差し込み口には、もともとそれのケーブルが差さってたんだろ？」

「ひかりが抜いたんだよ。だってそうだろ、その馬鹿でかいマーシャルの電源を入れたときにブレイカーが落ちたんだ、ケーブルを抜かなきゃブレイカーを上げられねえ。上げたとしても、一瞬でまた落ちちまう」

「電源を切るだけじゃ駄目なのかよ、マーシャルの」

「念のためだろ。ひょっとすると冷却ファンがついてると思ったのかもしれねえし。ほれ、でかいアンプには、電源切ったあとしばらく冷却ファンが回るタイプがあるだろ。ファンが回ってるあいだは、まだそれなりに電力を食う。ひかりはアンプの内部構造なんかはそんなに詳しくなかったから、このマーシャルもそうだと思ったのかもしれねえ。まあ、実際にはこいつはそのタイプじゃねえけどさ」

「ああ、そうか。そうかもな。――じゃあ谷尾、大もとのコンセントが抜けてたのは、何でなんだ？　入り口の脇のほら、大型タップのコンセント。そっちも抜けてるだろ？」

「お前が抜いたんだろうが」

「俺が？」

「ひかりに呼びかけながら暗い倉庫の中に入っていったとき、お前、何かにつまずいただろ？」

「……あ、つまずいたな。憶えてる」

「あれは、タップのコードだったんだ。大もとのコンセントが抜けたのは、あのときだ」

「なるほど……そうか、俺が抜いたのか」

ご名答──姫川は心の中で呟いた。

この状況の説明役として谷尾を想定してはいたのだが、まさかここまでやってくれるとは思ってもみなかった。倉庫のブレイカーを落とすために姫川がやった工作に、これほど上手くストーリーを当て嵌《は》めてくれるとは。

非常にわかりやすく「事故」の状況を説明してくれた友人に、姫川は心から感謝した。

「しかし、ねえ谷尾くん」

隈島が半白の後頭部を撫でながら首をひねる。

「ひかりさんは、そのマーシャルアンプのコンセントをタップから抜いたあと、どうしてすぐにブレイカーを上げに行かなかったんだろうか。ちょっと不思議だとは思わないかい？だってほら、そのとき倉庫は、ブレイカーが落ちて、真っ暗だったわけだろう。それなのにひかりさんは、ブレイカーを上げに行かず、その大きなアンプを壇上から下ろそうとした。真っ暗闇の中でね。だからこそ、スロープと壇のあいだにある隙間に気づかず、あんな不幸な事故が起きてしまった」

「マーシャルを壇上から下ろすのは、私が事前に指示していたんです」

野際が言葉を挿んだ。

「倉庫整理のついでに、そのアンプを床に下ろして、どこか端のほうに寄せておいてくれと、私が言っていたんですよ。ここの機材、今度業者にすべて売ることになっていたんですけど、その大きなアンプがほかのやつといっしょに壇上に置いてあると、業者が一斉に運び出すときに手間がかかるでしょう。だから」

「ああ、なるほど。そうでしたか」

そうだったのか——これも姫川にとっては僥倖《ぎょうこう》だった。

「しかし、ひかりさんはどうしてわざわざそれを暗闇の中で？」

隈島の疑問はまだ解決しない。

「それは……どうしてでしょうね」

今度は野際も首を傾げた。

姫川は、ただ黙って成り行きを見守っていた。下手に自分が説明をひねり出したりしないほうがいい。誰かが何か名案を思いついて口にしてくれるのを待ったほうがいい。

「単に、ブレイカーを上げに行くついでに、アンプを下ろしただけのことだったんじゃないですか？」

名案は、やはり谷尾の口から出た。

「ここ、電灯が消えて真っ暗になるって言っても、ほんとに真っ暗になるわけじゃないですからね。小窓から入る光で、自分の手元くらいは見えます。ひかりはたぶん、ブレイカーが落ちて、それを上げに行こうとして壇を降りるとき、野際さんの指示を思い出して、ついでにマーシャルを下ろしておこうと思ったんですよ。つまり——ゴミを出しに行くついでに郵便受けを覗くような感じで」

「郵便受け、なるほど」

「で、事故が起きた。俺はそう思いますけどね」

「んん……案外、そんなところなのかもしれないな」

ふんふんと首を縦にゆらし、隈島は壇上の谷尾を眺めた。

「谷尾くん、きみ、大したもんだね。お陰で助かった」

助かったのは、もちろん隈島だけではなかった。

頭の中で、姫川はこれまでの谷尾の説明を整理していた。何か、あとになって問題になってくるような点はないだろうか。大きな不備は見あたらなかったように思えるが——。

いや。

「谷尾、一つだけいいか」

姫川は倉庫に入って以来初めて口をひらいた。

「どうしてひかりは、壇上に並んだアンプの電源を確かめるとき、大もとの電源を入り口の脇にある差し込み口から取ったんだと思う?」

「どういうことだ?」

「つまりほら、何でわざわざタップのコードに床を縦断させて、あんな遠くにある差し込み口を使ったのかってことだよ」

「何でって――すぐに使える差し込み口は、そこしかねえだろ」

「でもこの倉庫、ほかのブースと造りが同じなんだから、壇の奥にもう一箇所差し込み口があるはず――」

そこでわざと言葉を止め、姫川は「ああ」とうなずいてみせた。

「アンプが並んでるから、使いにくいのか」

「そういうことだ」

このスタジオでは、入り口付近のほかに、壇上の壁にも差し込み口が設置されている。ブースでも倉庫でも、それは同じだった。しかしこの倉庫の場合、壇上にアンプがぎっしりと並んでいるため、その壁の差し込み口が使いにくくなっているのだ。――一応、姫川はそのことを、ここにいる面々に前もって気づかせておかねばと考えていた。

「だからひかりは、遠くにあるあの差し込み口から電源を取った。それだけのことだろ」

まさに理想的なかたちで、谷尾がそう結論づけた。ちらりと隈島の表情を窺うと、彼も納得げにうなずいている。姫川は安堵した。どうやら、電源を取るのに入り口の脇の差し込み口を使った本当の理由には気づかれずに済みそうだ。

大もとの電源を取るのに、姫川がドアの脇の差し込み口を選んだのは、誰かがあの暗い倉庫に入ったとき、コードに足を引っかけて抜いてくれるのを期待したのだ。もし誰もそれをやってくれなければ、姫川自身が偶然を装ってやるつもりだった。しかしあのときは、竹内が期待に応え、上手くコードにつまずいてコンセントを抜いてくれた。

マーシャルアンプの電源ケーブルは、はじめからどこにも差し込まれてなどいなかった。残り十九台のアンプの電力だけで、ブレイカーは落ちたのだ。姫川は十九台のアンプの電源ケーブルを二つのタップの差し込み口に入れ、その上で、それらのタップにつながった大もとのタップのコンセントを、壁の差し込み口に入れた。そこで、十九台のアンプに一斉に電気が流れ、ブレイカーが落ちたのだ。——このとき、大もとのコンセントが差し込み口に入ったままだと、あとでブレイカーを上げようとしても上がらない。だからそれを抜いておく必要があった。しかも誰かが偶然抜く必要があったのだ。はじめから抜けていたのでは不自然になってしまう。ひかりが暗い倉庫の中で、入り口の脇のコンセントを抜いて、それからまた部屋の奥に戻り、マーシャルアンプを動かそうとしたことになるのだから。

「ひかりさんの事故がどんなふうにして起きたか——これで、だいたいわかったよ」

隈島が厳粛な顔つきで言った。

「アンプを壇上から下ろそうとした理由、ブレイカーが落ちた理由……みんなのお陰だ。ありがとう。ひかりさんも、きっと喜んでいるんじゃないかな」

言葉の最後を、隈島はうつむいたままの桂に向けた。

「さあ、そろそろ出ようか。立ったままじゃあ、疲れるだろう」

一同が静かに倉庫を出て行こうとしたとき、谷尾が隈島に低く声をかけた。

「隈島さん、最後に一つだけ訊いてもいいですか？」

「何だい？」

「外とつながってるあのシャッター、施錠されていたんですよね？」

隈島は立ち止まり、不思議そうな顔で谷尾を見る。姫川も思わず立ち止まった。

「ああ……内側からちゃんと施錠されていたようだけど？」

「鍵は、どこに？」

「ひかりさんのジーンズのポケットに入っていたそうだ」

「そうですか」

それきり、谷尾は黙り込んだ。

(3)

姫川たちはふたたび待合いテーブルを囲んで座っていた。隈島は何か業務連絡でもあるらしく、携帯電話のボタンを不器用にいじりながら外へ出ていったところだ。

全員が、思い思いの格好で沈黙していた。

隣に座った桂が、先ほどから懸命に涙を堪えていることに姫川は気がついていた。そっと腕を伸ばし、姫川は彼女の肩に触れようとした。しかし桂は静かに身を動かしてその手を避けた。

「新しいコーヒーでも淹れよう」

野際が立ち上がり、カウンターの奥に向かった。そこは狭い給湯室になっている。壁の時計に目をやると、意外にも、まだ八時半を回ったところ。六時にブースを出てから、もう半日くらいは経過した気がしていたのだが。

たったいま行われた、倉庫でのやりとりを振り返る。

谷尾のお陰で、すべては上手くいっているように思えた。しかし、気になる点が二つあった。一つはシャッターの件。どうして谷尾は、最後にあんな質問をしたのだろう。そしてもう一つ――こちらは、もっと根本的で曖昧な疑問だった。

事が、あまりに上手く運びすぎている気がするのだ。

谷尾があれほど理想的な説明をしてくれなければ、隈島はおそらく、ブレイカーが落ちたことや、暗がりでひかりがマーシャルアンプを移動させようとしたことを、そうそうすんなりと納得してはくれなかっただろう。谷尾だけじゃない。いまにして思えば、野際の言葉だってそうだ。

――マーシャルを壇上から下ろすのは、私が事前に指示していたんです――

あれは本当だったのだろうか。もしや野際は、姫川のやったことをすべて知っていて、あんな助け船を出したのではないだろうか。そう疑ってしまうほど、野際の発言は隈島を納得させるのに効果的だった。

ぽつりぽつりと、冷たい不安が胸に落ちていく。その不安の滴は静かに、しかし着実に、姫川の胸の底に溜まっていった。

「谷尾——お前さっき、何でシャッターの鍵のことなんて気にしたんだ?」

そう訊いたのは竹内だった。その質問がまさに自分の頭にあったものだったので、姫川はぎくりとした。

「ああ、ちょっといろいろと……考えようと思ってな」

谷尾は顔を上げずに答える。

「考えるって、何を?」

「だから、いろいろだよ」

「いろいろって何だよ」

谷尾は苛立たしげに太い眉を寄せた。

「不自然だろ、状況が」

一瞬、周囲の空気が固まった。

「——不自然?」

はじめに訊き返したのは桂だった。頬を硬くして真っ直ぐに谷尾を見据えている。

「ああ。倉庫の、あの状況だよ。やっぱし不自然だ。どこかおかしい」

「でも谷尾さん、さっきは――」

「さっきは俺なりに理屈をつけて、なんとか説明しようとしたんだ。でも」

「でも気が変わったのか？」

竹内が目をしばたたく。

「そうじゃねえ。俺だって、おかしなことは考えたくねえよ。だからこそ、ああいうふうに現場の状況を――事故が起きた必然性を無理やり説明したんだ。俺自身、ただの事故だったと考えたかったからな。ひかりは自分の不注意で死んじまったんだって思いたかったから」

「思いたかったって――それが事実だろうが」

「事実かどうかなんて、俺たちにはわからねえだろ」

「じゃあ誰ならわかるんだ」

「そりゃ――」

言いかけて、谷尾は口ごもった。言えよ、と竹内が促す。しかし谷尾は小さく息を吐き、竹内に上体を向けて別の話をはじめた。

「なあ、どうして俺がさっき、頭ひねって隈島さんにあんな説明したと思うよ？」

「ただの事故だと思い、た、か、っ、たからだろうが」

意図的な強調を交えた竹内の言葉に、谷尾は首を横に振った。

「お前に、至極単純な理屈を教えてやる。いいか。あれがもし事故じゃなかったとしたら、どうなる。人間が死ぬきっかけは世の中に四つしかねえんだぞ。事故か、自殺か、病死を含めた自然死か、そのどれでもなけりゃ、殺されたかだ。人が殺されたってことは、人を殺した人間がいるってことだ」

「そんなの当たり前だろうが」

「ひかりが死んだとき、このスタジオに誰がいた？　俺と、お前と、亮と、桂だ。四人しかいなかったんだよ。俺は何も知らねえ。ってことは、どうなる？　残るのは三人だ。三人が残っちまうんだよ」

ひと息にそこまで喋ると、谷尾は言葉を切って竹内の顔を見据えた。それ以上、彼は何も言わなかった。そして、何も言わないというその情報が相手の頭の中に十分浸透するのを待ってから、ようやく視線を外した。

「俺は、そんな馬鹿みてえなことは考えたくなかったんだ。だからあんな説明をした」

谷尾は呟いた。

「納得したか？」

竹内は返事をしなかった。

ふたたび沈黙が下りる。二度ほど、竹内が何か言いかけたが、そのたび彼は思い直して言葉を呑み込んだ。

そういうことだったのか——姫川は周囲に悟られないよう、ゆっくりと息を吸い、吐き出した。倉庫で、谷尾があれほどまでに理想的な「事故」の説明をしたのは、そういう理由からだったのだ。これで疑問は解けた。しかし状況は悪いほうへと傾いたわけだ。

「じつはね。俺がさっき隈島さんに言ったこと——」

野際がトレーに紙コップを五つ載せて戻ってきた。

「あれ、嘘だったんだよ」

「嘘?」

谷尾が口をあける。野際はテーブルにトレーを置きながら、のろい動作で腰を下ろした。

「ひかりちゃんがほら、マーシャルアンプを壇上から下ろそうとした理由、俺が言っただろ」

「ああ、野際さんが事前にそうするよう指示してたってやつか。え、あれ嘘だったのか?」

「まるっきりの嘘じゃなかったんだけどな。まあ、嘘だった」

「どっちなんだよ」

「半分ほんとだ。俺はひかりちゃんに、あのでかいアンプを壇上から、すぐに下ろせる場所に、置いといてくれって言ったんだ。来週ほら、店を閉めるまでのあいだに、まだ使用希望のお客が来るかもしれないからな」

「じゃあ、壇の下まで下ろしておいてくれとは言ってねえのか?」

野際はうなずき、紙コップを唇にあてた。

「何で野際さんまでそんなこと言ったんだよ。何で嘘——半分嘘なんてついたんだ？」

「谷尾くんと同じ理由だよ。あのときスタジオには——」

野際はもうひと口コーヒーをすすり、吐く息とともにぽつりと言った。

「きみたち四人しかいなかった」

竹内が、わけがわからないというように茶色い頭髪を掻き乱す。

「おいちょっと、何で二人とも、揃いも揃って妙なこと考えるんだよ？　ひかりは事故で死んだんだろ？　谷尾、お前さっき何て言った。誰が何もやってなくて、あとは誰が残るって？　野際さんも何だよ、勘弁してくれよ。スタジオに誰がいたって？　俺たち四人——本気かよ？」

「そういう想像もできるってだけだ。俺だって野際さんだって、べつに本気で言ってるわけじゃねえよ」

谷尾が諫《いさ》めるが、竹内の興奮は収まらない。

「何が想像だよ。そんなわけのわからない想像、隈島さんとかお前の親父に任せとけばいいだろうが。本気じゃないんなら口に出したりすんなよ」

「お前が言わせたんだろうが」

「俺嫌だよ、そんなの。亮だって、桂ちゃんだって——なあ桂ちゃん、嫌だろ？　気分悪いだろ？」

桂は顔を上げず、目の前の紙コップをじっと見据えたまま唇を結んでいた。姫川も敢えて言葉は返さず、ただ小さく顎を引いた。

「とにかく、俺は嫌だ……気分悪い」

竹内が最後に言い、やがて怒気を含んだ静けさの中に全員の視線が分散していった。

このような展開になるのは、ある程度予想できていた。なにしろ何の計画も練らず、衝動的にやってしまったことなのだ、誰かが現場の不自然さに言及し、事故を疑うことになるだろうとは思っていた。しかし。

大丈夫だ——姫川は心中で自分に声をかける。何か証拠でも出てこないかぎり、問題はない。隠しつづけることさえできれば心配はいらない。そう、隠しつづけることだ。それができればいい。それだけができればいい。

大丈夫。

大丈夫だ。

（4）

「すまなかったね、みんな待たせて。野際さんも、申し訳ありません」

大きな肩をすぼめて隈島が入り口のドアを入ってきた。風のことで何かぶつぶつ言いながら、両手をこすり合わせて近づいてくる。

「コーヒー、隈島さんもお飲みになりますでしょう」

カウンターのほうへ向かう野際に、隈島は「あ」と指を三本立てた。

「三つ、よろしいですか？」

「ええ、構いませんよ――でも」

「いま、西川くんに連絡を取ってみたんですがね、彼、もうすぐそこまで戻ってきているらしいんです」

隈島は空いている椅子に腰を下ろす。ふわりと風が起き、夜の匂いがした。

「三つ――ええと、隈島さんと、西川さんと……」

胸元で指を折っていた野際は、そこで言葉を切った。桂のほうへ視線を動かす。桂はその視線を受け、はっとして隈島に顔を向けた。

「ご自宅に、いらしたみたいでね。いっしょに来られるそうだ」

隈島が伏し目がちに言ったとき、入り口のドアがふたたびひらかれた。

「戻りました」

西川の尖った顔の後ろに、姫川の知らない顔があった。少し薄い髪を整髪料で横に流した、中年の男。

「……桂」

男は桂と視線を合わせ、微かに怯えたような表情を見せた。桂は言葉を返さず、そのかわり、まるで通夜の席で弔問客に向かってするような静かな目礼をした。

「小野木聡一《そういち》さんですか？」

隈島が穏やかに訊ねる。

「あ、あはい小野木です」

「このたびは、大変なことで」

「あの、どうも……」

隈島は近くにあった椅子を手振りで示した。小野木はセーターの背中を丸め、足音をさせないようにしてそちらに移動する。

野際が立ち上がり、旧友に頭を下げた。

「俺のスタジオでこんなことになって、本当に申し訳なかった」

小野木は驚いたように両手を前にかざし、細かく首を左右に振る。そのあいだ、桂はじっとテーブルの天板を見据えたまま、頑なに顔を上げようとしなかった。

小野木聡一という男は、姫川がこれまでひかりや桂に話を聞いて想像していたような人物ではなかった。夜のライブハウスでドラムを叩き、無軌道な生活を送り、家族に迷惑をかけつづけ、それでも二人の娘には不器用な愛情を注いでいた、破天荒な男ではなかった。生活が人間を変えるのだろうか。それとも人間は、生きていくにつれ、本来の自分に合った生活を見つけていくものなのだろうか。聡一という名前も、自分の父親である宗一郎と響きが似通っているせいか、これまでは何か強い、ぶれない芯を持っているイメージがあったが、いまはどこにでもある平凡な名前でしかなかった。

なんとなく、谷尾の言葉を思い出す。

——自分で演奏するかわりに、テープを聴きゃいいんだ——

MTRで演奏を録音しておき、歳をとって身体が利かなくなったときに聴けばいいと、谷尾は言っていた。

——その気にだけは、なれるだろ——

たしかにそうなのかもしれない。谷尾の言ったことは正しかったのかもしれない。

三ヶ月前、ひかりはこの父親に会ったのだという。そのとき彼女は、ひどく落胆したに違いない。痛烈な裏切りに遭ったと感じたに違いない。そして。

——でも、なんかそれ、虚しくないか？——

——実際に演奏しようとして、昔と変わった自分に気づいちまうほうがよっぽど虚しい——

何より、虚しかったに違いない。

会わないほうがよかったのだ。見ないほうがよかった。頭に書き込んだ記憶を、ときおり再生し、ただそれだけで満足していればよかったのだ。きっとそれが、歳月が経っても人間が幸せでいられるたった一つの方法なのだ。

母のアパートには、姉の絵が無数に散らばっている。母は毎日のように、生きていた頃の姉の絵を描きつづけて暮らしている。あれは、姉の本当の姿——もはやこの世に存在しないという本当の姿を、いっときでも忘れるために、母が選んだ手段なのかもしれない。あの部屋で母は、来る日も来る日も、たった一人で姉の記憶を再生しながら生きているのかもしれない。

ひかりの「事故」の経緯を、隈島はひととおり小野木に説明した。小野木は「はあ、はあ」と溜息のような相槌《あいづち》を打ちながら説明を受け、絶えず顔をひくつかせながら、ときおり小声であまり意味のないような質問を挿んだ。視界の隅にいる桂のことを、彼は終始気にしていて、そのせいか、何を言っても謝罪しているように聞こえた。

「——といったまあ、状況のようです」

説明を終え、隈島は小野木に深く一礼する。

「本当に、不幸な事故でした。心中、お察しします」

「いえ、そんな」

小野木は先ほど野際に対してやったように、両手を前に突き出して首を横に振る。人に頭を下げられると恐縮する癖がついてしまっているのだろうか。小野木の態度は、実の娘を亡くした親のものとはとても思えなかった。

桂が口をひらいたのは、そのときだった。

「お姉ちゃんと、会ったんですよね」

「え？　ああ、うん。そうなんだ。この前な」

急な質問に驚いたのか、桂の口調が敬語だったことに戸惑ったのか、小野木は頬を強張らせて答える。

「あれか？　ひかりが話したのか？」

「野際さんに聞きました」

硬い声で言ったあと、桂は小さく「今日」と付け加えた。

姫川が聞いた親子の会話は、それが最後だった。


ほどなくして、隈島が姫川と谷尾、竹内の三人に帰宅を促した。桂と小野木は、ひかりの遺体がある大学病院のほうへ連れていくらしい。

「遅くまで、すまなかったね。明日、みんな仕事があるんだろうに。——野際さんも、ありがとうございました。今日のところは、これで」

「ご苦労様です」

「事故のことで、何か思い出したりしたら、連絡をいただけると助かります。ちょっとしたことでも構いませんのでね」

隈島は野際に名刺を渡し、姫川たちにも配った。「一課」という部署名の下に、直通の電話番号が印刷されている。

「いいんですか？　三人を帰しても」

ちらりと横目で隈島を見て、西川が言った。

「当たり前だろう」

「しかし、例の――」

「いいんだ」

抑え込むような隈島の言葉に、西川は不平そうに口をつぐんだ。

いま、西川は何を言おうとしたのだろう。姫川はひどく気になった。そういえば、小野木を連れて戻ってきてからの西川の目つきは、それ以前と比べて、より厳しくなったような気がする。とくに姫川や谷尾、竹内を見るときには。いま彼が言いかけたことと、何か関係があるのだろうか。気になるのはそれだけではない。先ほど隈島はいったんスタジオを出て、戻ってきたが――そのとき彼は、西川に電話をしていたのだと言っていた。しかし電話を一本かけるだけにしては、やけに長いこと場を外していたように思える。スタジオの外で、あのとき隈島はいったい何をしていたのだろう。

「姫川くん、一つだけ訊かせてくれるかな」

西川の目がくるりと姫川のほうへ向けられた。隈島が何か言いかけたが、彼は構わずつづ

「じゃ、俺たちこれで——桂ちゃん、何かあったら相談に乗るからね」

竹内が疲れた声で言い、桂に向かって軽く手を上げる。谷尾もそれに倣《なら》った。

「困ったことがあったら、すぐ連絡しろよ」

「ありがとうございます」

桂は、姫川のほうには一度も視線を向けようとしなかった。

三人が出口へと向かいかけたとき、

「野際さん、ガムテープはありませんか？」

唐突に西川が訊いた。野際は一瞬、ぽかんとした顔をしたが、すぐにカウンターの後ろからガムテープを取ってきて西川に手渡した。

「何にお使いになるんです？」

「捜査の一環です。——きみたち、最後にちょっと、こっちへ来て、 ないけど、後ろを向いて並んでくれ」

何をするかと思えば、西川はガムテープを短く 無言で姫川たち三人 襟に、ぺたぺたと押しつけはじめた。少し離れた場所から、隠島が困り果て 見守っている。

三人の髪の毛を採っているのだろう。姫川にはすぐにわか かりの胎児のDNAと、あとで比較でもするつもりに違いない。

「ありがとう。もういいよ」

西川はガムテープの切れ端を自分の手帳に貼り、空いている紙面にボールペンで何かを手早く書きつけた。そのまま手帳をポケットに仕舞おうとする——が、そこでふと手を止めた。すぐそばで、恐縮したように首を前に曲げ、黙って襟元を見せて立っている小野木に気がついたからだった。小野木はきっと、何だかわからないが自分も参加しなければならない重要な作業だとでも思ったのだろう。西川は仕方なく、小野木にも同じことをして、ガムテープの切れ端を手帳の別のページに貼り付けた。もちろん、ひかりの父親の毛髪まで採る必要はなかったのだが、それをここで言うわけにもいかなかったのだろう。


ドアの外まで隈島が送りに出てくれた。

「隈島さん。教えてもらってもいいですか?」

谷尾と竹内が先に歩き出すのを待って、姫川は訊いた。

「いいとも、何だい?」

「事故なのに、どうして一課の隈島さんが来たんです?」

「それは……ん?」

隈島は思案げに眉を寄せた。

「同じことを一度、質問された気がするけど、思い違いかな?」

「思い違いじゃありません。谷尾の通報で、隈島さんが最初にスタジオに来たときにも訊きました」

「そうそう、そうだ。そのときに同じことを訊かれたんだ。――答えだってもちろん、同じだよ」

隈島は身を起こし、穏やかに微笑む。

「念のためだ」

「でもやっぱり、よくよく考えてみたらおかしいですよ。人が死亡する事故なんて、あちこちで起きてるじゃないですか。そのたびに、捜査一課の人たちが念のため現場に向かっていたら、本来の仕事に手が回らないんじゃないですか？」

「ちょうど、手が空いていたからね、今回は駆り出されたんだよ。これも話したと思うが」

「でも――」

「じつは俺も、それを訊こうと思ってたんです」

いつのまにか、谷尾がすぐそばに立っていた。

「親戚に刑事をやってる人がいるもんで、なんとなく知ってるんですけど――こういうケースってのは稀《まれ》ですよね。つまり、ただの事故で、いきなり一課の刑事さんがやってくるってのは」

「ああ……まあね。そうか、きみはご親戚に刑事がいるのか」

「遠い親戚ですが」

隈島は眉根を寄せ、広い額をざらざらと撫でた。やがて思い切ったように姫川に向き直る。

「じつは、今回はね、私のほうから上司に頼み込んで、現場に向かわせてもらったんだよ」

「どうしてです？」

「事故の連絡が入ったとき、ちょうど私も署にいてね。偶然、通報の内容を小耳に挟んだんだ。そのとき、事故の現場がこのスタジオだということを知った。慌てて詳しいことを訊いてみると、亡くなった女性の名前が小野木ひかりさんだというものだから――いや、なにも顔見知りだから来てみたというわけじゃないんだよ。私はね、亮くん。きみのほら、きみのことが――」

隈島が口ごもるので、姫川がつづけた。

「心配だったんですか？」

隈島はうなずく。

「そう……心配だったんだ」

唐突に、苛立ちが募った。

――なんとなく、きみのことが心配でね――

昔の事件で知り合った姫川のもとに、しばしば顔を出す理由を、以前隈島は同じ言葉で説明していた。もちろん、そのときもいまも、隈島は本心を答えたのだろう。彼はずっと姫川を心配しているし、ストラト・ガイでの事故の話を聞いたときも、まず姫川のことを心配してくれた。幼くして父と姉を失い、残されたたった一人の家族である母親とも上手く関係を築けずにいる姫川を、彼は不運な親戚か何かのように思ってくれているのに違いない。これまでは姫川も、そんな彼の存在をありがたく思っていた。彼の顔を見ると、寂しさや鬱屈を紛らわせられもした。しかし。

今回ばかりは、捜査一課の隈島の登場は、姫川に対して厭《いと》わしさと恐ろしさ以外、何も与えてはくれなかった。

「もう、やめてくれませんか。そういうの」

姫川は隈島から視線を外して言った。

「昔のあのことだって――俺ほんとは、忘れたいんです。思い出すものを、見たくないんです。思い出す人にも会いたくないんです」

そんな言葉が何の意味も持っていないことを、もちろん姫川は知っていた。隈島はもう、警察組織の一員として今回の事件を担当してしまったのだ。いまさら姫川の言葉くらいで、彼の今後の行動が変わってくるとは思えない。それでも姫川は言わずにはいられなかった。

「もう、やめてください」

隈島に背を向け、姫川は歩き出した。

## （5）

——なんだろうね——

姫川は思い出す。

——変だよね——

二十三年前、夏の夕方に聞いた姉の声。

あれはまだ、父の在宅療養がはじまったばかりの頃だった。どこか遠くのほうで、盆踊りの太鼓を練習する音がしていたから、七月の終わりか、八月の初めだったのだろう。一階の台所で麦茶を飲みながらテレビを観ていた姫川が、子供部屋に戻ろうと階段を上がっていると、姉の話し声が耳に入ってきたのだった。子供部屋に姉の友達でも来ているのだろうと思った。姉が友達を呼ぶなど珍しいことだったので、姫川は少し緊張しながら階段を上りきり、ドアの隙間からそっと中を覗いてみた。

姉は一人だった。床にぺったりと座り込み、夕陽を顔の横に受けながら、膝に抱いたライオンのぬいぐるみをじっと見つめていた。

——どう思う？——

相手の返答を待つような、少しの間《ま》があった。そして姉は、声を出さず、嬉しそうに笑った。長いこと笑っていた。姫川はその様子をドアの隙間からぼんやりと覗き見ていた。橙《だいだい》色に照らされた姉の顔が、いつもよりも幼く見えたのを憶えている。姉が何を言っているのか、どうして笑っているのか、そんなことはわからなかったが、姫川は姉の横顔の幼さが嬉しくて、お姉ちゃん、と思わず声をかけた。

こちらを向いたときの姉の顔には、硬い驚きがあった。

ライオンと何の話をしていたのかと姫川は訊いた。しかし姉は、ただ黙って、怒ったように首を横に振るばかりだった。

姉が姫川にそれを教えてくれたのは、数日後の夜のことだ。子供部屋で、床に広げた画用紙を真ん中に二人して向かい合い、思いつくままやたらに絵を描いていたとき、姉は急に話しはじめたのだった。

それは、自分がよく見る夢のことだったらしい。

——急にね、つ、ね、ら、つねられるの——

——つねられる?——

そんな夢を、姉は頻繁に見るのだという。

——そう、いつも、同じとこ——

——どこ?——

——ここ。このへん——

身を起こし、姉が示してみせたのは、チェックのスカートの内側だった。両足の付け根の、下着で隠されたあたりを、姉は曖昧に指さしていた。

——なんでそんなとこつねられるの？——

——知らない。夢だもん——

小さな眉間を緊張させ、姉は不思議そうに首を横に振った。

——痛くて、何度もやだって言おうとするんだけど——

——言えばいいじゃん——

——言えないの。口をね、なんか、ぎゅっとおさえられてるみたいでね——

姉は自分の掌を力いっぱい唇に押しつけてみせた。

——誰がそんなことするの？——

——ウサギ——

——ウサギ？——

——そう、ウサギ。なんかね、宇宙人みたいな——

——宇宙人？　どんなの？——

姉の言っていることがさっぱりわからなかったので、姫川は、描いてみてくれと言って床の画用紙を姉のほうに寄せた。姉は持っていた茶色の色鉛筆で、紙面の空いている場所に、首をひねりひねり絵を描きはじめた。姫川は姉の口にした「宇宙人」という言葉にちょっとわくわくしていたので、立ち上がって姉の隣に回り込み、顔をくっつけるようにして絵の完成を待った。

出来上がったのは、まさに宇宙人のようなウサギの顔だった。丸い顔の上に、耳が二本伸びている。帽子でも被っているのだろうか、額から上は茶色く塗りつぶされていた。帽子は二本の耳までも覆っている。大きな両目の下に、くっきりと隈があって、それがとても気持ち悪かった。

あれ、と姫川は思った。

――お姉ちゃん、このウサギ――

知っている、と瞬間的に感じたのだ。とてもよく知っている。

自分はこのウサギを知っている。

しかしそのときの姫川には、ウサギの正体を見破ることはどうしてもできなかった。何か、とても身近な存在であることだけは、頭のどこかで直感的に理解しているのだが――やはり、はっきりとはわからなかった。

階下で、母が水を使う音が聞こえていた。

――でも、夢なのになんで――

小さく首をひねりながら、姉が何かいいかけた。しかし、ふと口を閉ざして黙り込んだ。そして、いつまでも自分の鼻先をぼんやりと見つめていた。

けっきょく、それきり夢の話は終わった。姉は奇妙なウサギの描かれた画用紙を丸め、ゴミ箱に突っ込んだ。

当時、姫川は二段ベッドの上の段を使っていた。すぐ下で寝ている姉が見るような夢を、もし自分も見てしまったらどうしようと考え、しばらくは気味が悪かった。しかしやがて、夢のことなどすっかり忘れてしまった。あのときのウサギの正体を、いまだに姫川は知らない。何度考えてみても、やはりわからない。

いや——。

本当にそうだろうか。姫川は自問した。自分は本当に、わからないのだろうか。答えを知っているのではないのか。正体を知っているのではないのか。知っていて、目をそむけようとしているのではないのか。

（6）

「昔のあのことってのは？」

大宮駅へと向かう途中で、谷尾が珍しく気遣わしげな顔つきで訊いてきた。

「ほれ、さっきお前、隈島さんとそんな話してただろ？」

「ああ、大したことじゃない。昔、俺の身内が死んだとき、隈島さんが捜査を担当したことがあってさ」

「死んだ身内――親父さんか？」

かつて姉がいたことを、姫川は誰にも話したことがなかった。

「でも亮、たしか親父さんは病気で――」

「親父じゃない」

一瞬迷ったが、姫川は先ほどの谷尾と同じ言い方で誤魔化すことにした。

「遠い親戚だ」

駅が近づくにつれ、しだいに周囲に人影が増えていく。

「ひかりは、どうしてあのマーシャルアンプを壇上から下ろそうとしたんだろうな」

前を向いたまま、独り言のようにぽつりと呟いたのは竹内だった。

「ブレイカーが落ちて、真っ暗だったってのに、何であいつ――」

「もういいだろうが」

谷尾が低い声で遮る。

「いまさらそんな話をしても意味はねえよ。けっきょく、何もおかしな点なんてなかったんだ。あの現場は不自然なんかじゃなかった」

スタジオの待合いテーブルを囲んでいたときと、二人の立場はすっかり逆になっていた。

「考えてみれば、事故ってのは大抵そんなもんだろ。テレビで交通事故の現場が映ってるのを見ても、どうしてこんな事故が？　って思うような場合が多い」

「でも、今日のひかりの場合は、やっぱり――」

「どんな状況だって事故は起こる。バナナが足に落ちて死んだ人だっている」

「何だよそれ」

「一年くらい前だったか、オーストラリアでな。バナナを食おうとして、うっかり落っことしちまった婆さんがいるんだ。そのときバナナの先っぽが当たって、足をちょっと擦り剝いた。その傷の合併症で、婆さんは数日後に死んじまった」

「ほんとか？」

「嘘ついてもしょうがねえだろ」

谷尾は太い鼻息を洩らす。

竹内は谷尾の話に骨を抜かれたように、両手をポケットに突っ込んで背中を丸めた。溜め息混じりに言う。

「それにしても、まだ九時過ぎなんだな。どうする？　このまま帰るか、それともどっか、舞の屋ででも、話するか？」

「舞の屋は反対方向だろ。まあ、俺はべつに戻っても構わねえけどな。帰って一人で過ごすと、ひかりとのこと、さすがにいろいろと思い出しちまいそうだし」

「だよな。亮は？」

「俺は……一人のほうがいい」

「そうか」

それからは、三人それぞれに黙り込み、けっきょく揃って駅へと向かった。

谷尾と竹内が、ひかりの死についてあれこれと追及するのをやめてくれたのは喜ぶべきことだった。二人は刑事でも何でもないが、考えようによってはもっとも警戒すべき相手だとも言える。なにしろひかり殺害の瞬間に、同じスタジオ内にいた人間なのだ。姫川の見逃していた何らかのミスに、いつ気づくかわからない。このまま、時間が経ってくれればいい。月日が過ぎ、彼らの記憶から今日の出来事が薄れ、細かい部分を思い出せなくなってくれれば。


しかし、そう上手くはいかなかった。

姫川のミスに気づいたのは谷尾だった。

「……ん」

彼が唐突に立ち止まったので、すぐ後ろを歩いていた竹内がつんのめって背中にぶつかった。

谷尾は歩道の真ん中に立ったまま、何かを思うように、虚空にじっと視線を据えていた。

「お前、何やってんの？」

竹内が顔を覗き込む。谷尾は「何でもねえ」と首を横に振る。

「何でもないわけないだろ。言えよ」

「何でもねえよ」

「言えって」

「何でも……いや、ちょっと待てよ……あれ……」

そう言ったきり、谷尾はふたたび沈黙してしまった。竹内がちらりと姫川を見る。姫川は軽く首をひねってみせた。

「なあ竹内……ちょっと思い出してくれるか」

どこかぼんやりとした様子で、谷尾は竹内に顔を向けた。その顔を、交差点を曲がるトラックのヘッドライトがぱっと照らし、一瞬、彼が別人のように見えた。

「お前、倉庫に入ったとき――ほれ、バスドラムで塞がれてたドアを押して入ったとき、最初に電灯のスイッチを動かしたよな？」

「え？　ああ、真っ暗だったからな。当然、電灯を点けようと思ったんだ。でもブレイカーが落ちてたから、けっきょく明かりは――」

「点かなかった、それはわかってる。俺が訊きたいのは、そのときスイッチがどっちを向いてたかだ。お前が触ったとき。上か？　下か？」

「そんなの憶えてねえよ。暗かったんだから」

「お前、何回動かした？」

「何回？」

「あのとき何回スイッチを動かした？」

「思い出せってのか？　無理だよそんなの。適当にぱちぱちやったんだから」

「偶数回か？　奇数回か？」

「無理だっての」

しかし竹内は谷尾の様子に圧《お》され、とうとう腕を組んで頭をひねりはじめた。

「まず、ドアの隙間に身体を入れて……右手を壁に伸ばして……ぱちぱち……いや、ぱちぱち、ぱち……ん？　ぱちぱちぱち……ああ、そうだ。ぱちぱちぱち」

竹内は顔を上げた。

「三回だ。思い出した。たしか三回だった」

しまった——姫川は身を硬くした。

「三回？　おい、だったら——」

谷尾は鋭く竹内を睨む。

「はじめからあそこの電灯は消えてたってことじゃねえか」

じっとりと湿った冷たい不安が全身に張りついてくる。膝が震えようとするのを、姫川はなんとか堪えた。

「電灯が消えてた？　どういうことだ？」

「単純な理屈だ。俺が事務室でブレイカーを上げたとき、同時に倉庫の明かりがついただろ。ってことはつまり、そのとき電灯のスイッチはONになってたってことだ。お前が三回動かしてONになったんだから、お前が手を触れる前、スイッチは――」

「OFFだった？」

「そう」

三人の視線が素早く交錯した。

「明かりを消して、倉庫整理する奴がいると思うか？」

谷尾の声は、竹内や姫川にではなく、自分自身に問いかけているようだった。

（7）

アパートに戻り、ギターケースを床に投げ出すと、姫川はすぐにシャワーを浴びた。湯量を最大にして、前髪から流れ落ちる水流をじっと睨みつけた。

長いこと、そうしていた。

――俺の記憶違いかもしれないだろ。俺が電灯のスイッチを動かしたのは、三回じゃなかったかもしれない――

竹内のひと言をきっかけに、歩道での議論はうやむやになった。

——明かりは、消されてなんていなかったんだよ。俺たぶん、四回とか、六回スイッチを動かしたんだ——

谷尾は完全には納得していないようだった。しかしけっきょく、三人はそのまま大宮駅へと向かい、構内でそれぞれのホームに別れたのだ。

スイッチ。

「あのときだ……」

い、い、スイッチ。

あれは完全に姫川のミスだった。ひかりの殺害現場——倉庫の中で、ブレイカーを落とす工作をしているとき、姫川は電灯のスイッチを切り、小窓から差し込む薄明かりの中で作業をしていたのだ。万が一、ドアの外から誰かに姿を見られてしまうことを恐れて。

アンプや大型タップの工作を終え、ブレイカーを落としたとき、姫川は切っておいた電灯のスイッチを入れ直すのを忘れたのだ。完全に、失念していた。今回は、話がうやむやになってくれたからいい。しかし、いつまた電灯の件が話題に上るかわからない。電灯だけじゃない、ほかにももしかしたら姫川は、まだ自分では気づいていない大きなミスを犯している可能性だってある。

全身が痺《しび》れるようだった。誰かに呼吸を半分奪われたような息苦しさを感じながら、姫川は不安が胸を破って爆発しようとする瞬間瞬間に耐えていた。

深夜になって、電話が鳴った。

暗い部屋の中で光る、携帯電話のディスプレイに表示されていたのは〈非通知〉の三文字だった。

「……はい」

姫川は電話機を耳にあてた。相手は何も言わなかった。電波が悪いのだろうか。いや、微かな息づかいが聞こえてくる。

やがて、声がした。

どこか母に似た、嗄《しわが》れた女の声だった。

『トイレナンテ、イカナカッタンダヨネ……』

それきり、電話は切れた。

＊＊＊

「グッドマンには、俺からキャンセルの連絡入れとくぞ。こんなことになって、もうライブなんてやってる場合じゃねえだろ」

「だな」

姫川や谷尾と別れると、竹内は全身に気だるさを感じながら野田線のホームへと向かった。歩きながらｉＰｏｄを取り出し、イヤホンを耳に突っ込む。音楽を聴こうと思ったわけではない。ただ、いつもの癖でそうしただけだ。しかし、ｉＰｏｄの本体を操作しようとして、竹内はいまの自分がとても音楽を聴く気分になどなれないことに気がついた。

いまさらながら、実感が湧きつつあるのだ。

高校時代から十四年間も付き合ってきた、ひかりが死んだ。

賑やかな大宮駅の構内を、竹内は黙然と歩く。日曜の夜なのに酔客がやけに多いのは、忘年会のシーズンだからだろうか。陽気な彼らの話し声や笑い声を聞いているくらいなら、音量を上げて適当な曲でも流していたほうがまだましかもしれない。竹内はｉＰｏｄの電源を入れた。再生ボタンを押すと同時に、今日ストラト・ガイへ着くまで聴いていたミスター・ビッグのアルバムが、途中からはじまった。ゆっくりとしたアコースティックギターの旋律に乗って、哀しげなヴォーカルが歌うバラード。キャット・スティーブンスのカバー曲、『ワイルドワールド』だった。

**But if you want to leave, take good care.**
それでもきみは去ってしまうというのなら、気をつけて
**Hope you make a lot of nice friends out there.**

向こうで、たくさん友達ができるといいね

**But just remember there's a lot of bad and beware.**

でも、悪いことだってたくさんあることに気がついて欲しいんだ

ほとんど無意識のうちに、竹内は停止ボタンを押していた。

「……勘弁してくれ」

人間というのは身勝手なもので、哀しい歌や哀しい詩に心地よく酔うことができるのは、自分自身の心が落ち着いていて、何の問題もないときだけだ。本当に哀しく、心が締めつけられているときには、それらはただ不快なだけだった。哀しみを傍観するのは心地よいくせに、本当に自分に迫ってこられると途端に嫌になる。

「ジミヘンかな……」

ひかりはジミ・ヘンドリックスが好きだった。竹内はｉＰｏｄの操作パネルに親指を這わせ、曲を探してみる。たしか、メジャーコードの明るい曲がいくつか入っていたはずだ。ｉＰｏｄのディスプレイを見下ろしながら、竹内はぼんやりと親指を動かした。

しかし、あるときふとその指を止めた。

ディスプレイに表示されていたのは、〈**Thing in the Elevator**〉という文字だった。これは曲ではなく、竹内がＭＴＲでつくった例の「作品」だ。ライブで曲の出だしに流そうと思

いつき、先週、MTRからこのiPodに録音して姫川や谷尾に聴かせたやつだ。

何故、自分は手を止めたのだろう。竹内は内心で首をひねった。

そうだ。いま、自分の頭の隅で何か小さな音が鳴ったような気がしたのだ。直感というやつなのだろうか、この文字列を見たときに、竹内は何かを感じた。だから手を止めた。――何だろう。自分はいったい何に反応して手を止めたのだろう。

――このエレベーターについて、きみたち、近頃おかしな噂を聞かないか?――

自宅でせっせと録音した登場人物の台詞を、竹内は思い出す。

――どうも、出るらしいんだよ――

内容は、社長の死んだはずの息子がエレベーターに乗っているという、まあ珍しくもない怪談話だ。それがどうして気になるのか。

――若い男が、いつのまにかいっしょに乗っているらしい――

「いつのまにか、いっしょに……」

その瞬間。

竹内の脳裏に、突然あのときの情景が鮮明に再生された。

暗い倉庫。点かない電灯。竹内はバスドラムで塞がれていたドアを入った。ひかりの名前を呼びながら床を進んだ。自分につづいて、谷尾や桂も倉庫に入ってきた。そして。

――ここにいたのか――

背後から姫川の声が聞こえた。それまで姫川は、野際を捜しに外へ出ていたのだ。だから竹内はそのとき、姫川がようやく野際捜しを諦め、ストラト・ガイに戻ってきたのだと思った。しかし。

「ほんとか……？」

本当に、そうだったのだろうか。本当に姫川は、あのときスタジオに戻ってきたところだったのだろうか。

いつのまにか、姫川は倉庫の中にいた。

いつのまにか、竹内たちの背後に立っていた。

幽霊なら、どこへだって現れることができる。しかし姫川は生身《なまみ》の人間だ。生身の人間が、突然どこかに現れる方法は二つしかない。一つ目は単純で、そこへ近づいたことに、周囲の人間が気づかなければいいのだ。竹内たちの背後に現れたときの姫川が、まさにそうだった。そうだったと思っていた。しかし、もう一つの方法もある。それは——。

い、い、い、い、い、い、い。

はじめからそこにいることだ。

ある想像が、不意に竹内の頭に飛び込んできた。それはあまりに馬鹿馬鹿しいものだったので、竹内はすぐに消し去ろうとした。しかしできなかった。どうしてもできなかった。

——バスドラムで塞がれた倉庫の入り口。あのドアをあけ、竹内たちが室内に入り込んだとき、姫川はすでにそこにいたのではないか。暗がりに潜んでいたのではないか。何故かというと、姫川は、竹内や谷尾といっしょにスタジオを出たが、こっそり戻ってきて、あの倉庫に入っていったから。そして、事故に見せかけてひかりを殺害し、ブレイカーを落として電灯が点かないようにし、竹内たちが入ってくるのを待っていたから。暗がりに乗じて竹内たちの背後に回り込み、いま外から戻ってきたのだという演技をするために。

「できるかよ、そんなこと……」

無理に決まっている。やろうとしたところで、できるわけがないのだ。あのときスタジオには、桂が残っていたのだから。桂だけは、野際を捜しに外へは出ていかなかった。姫川自身が、残っているように言ったのだ。野際が戻ってくるかもしれないからと。こっそりスタジオに戻ってきて、待合いスペースに座っていた桂に気づかれずに倉庫へ行くことなど――。

いや、待て。

「シャッター……」

あの倉庫には、屋外に通じているシャッターがある。野際を捜すと言って外へ出たあと、建物を回り込み、あのシャッターから倉庫の中に入ることができる。鍵がかかっていたとしても、姫川があけてくれと声をかければ、中からひかりがそうしてくれたに違いない。隈島の話では、シャッターは内側から施錠され、その鍵はひかりの遺体のポケットにあったという。しかし、そんな工作は簡単にできることだ。――そもそも、姫川が桂を待合いスペースに残したのは、自分がスタジオに戻ってきていないことを、あとで彼女に証明させるためだったのかもしれない。そうだ。そう考えると、例のスイッチの件も納得がいく。ブレイカーを落とす工作をしているあいだ、姫川は電灯のスイッチを切っていたのだ。何故かというと、もしスタジオに残っていた桂が、ふらりと倉庫のほうへやってきてしまったら、小窓から中が丸見えになってしまうから。ひかりの遺体や、アンプと大型タップをつなぎ合って工作をしている姫川の姿が、桂から見えてしまうから。だから姫川は天井の電灯を消し、ドアをバスドラムで塞いで作業をしていた。そしてブレイカーを落としたあと、電灯のスイッチをONに戻しておくことを忘れてしまった。

それは、世にも下らない考えだった。馬鹿らしい考えだった。どうして姫川がひかりを殺さなければならないというのだ。ひかりは姫川と、もう長いこと交際していた。どちらもあまり感情を表に出すタイプではないので、はっきりしたことはわからないが、姫川がひかりを事故に見せかけて殺害するような動機が、彼らのあいだに生じていたなど想像もできない。

しかし。

竹内には一つ、ひどく気になっていることがあった。

一週間前、ストラト・ガイでの練習を終えたとき。スタジオの前の歩道で、一匹のカマキリが気味の悪いハリガネムシを産み落としていた。それを姫川は、いきなり踏みつけて殺した。唐突で、まったく理解不能な行動だった。あんな姫川を見たのは初めてのことだ。あのときの姫川の様子は、いまだに竹内の頭の中に、腫瘍のように残っていた。

反社会性人格障害《APD》と呼ばれる人々がいるらしい。

平塚で精神科医をやっている姉から、以前聞いたことがある。精神病ではないが正常から逸脱した人格の持ち主で、ひと昔前はサイコパスやサイコなどとも呼ばれていた。家庭問題などで、成長過程において精神に強いストレスを受けたような場合、こうした人格を獲得してしまうケースが多いのだとか。姉の勤めている大学病院でも、十数年前のことだが、ＡＰＤの治療を終えたばかりの患者が残酷な殺人事件を起こしたことがあるそうだ。

姫川は幼い頃に父親を亡くしている。残されたたった一人の家族である母親とも、父親の死を境に関係が壊れているらしい。——それだけではない。姫川が自分の家族について何かを隠しているのではないかと感じることが、竹内には高校時代から何度かあった。そしてその隠している何かが、姫川の心に強くのしかかっているような気がしてならなかったのだ。具体的にどんなことなのかはわからない。しかし、姫川が成長する過程で、それが彼の精神に何らかの悪影響を与えている可能性はあるのではないか。

「あいつ……」

しばし、竹内は立ち止まっていた。

やがて素早く踵《きびす》を返すと、宇都宮線のホームへ向かって駆け出した。ＭＴＲを詰め込んだバッグが、肩の後ろでがくがくと音を立てた。

谷尾の黒いベースケースは、人混みの中ですぐに見つかった。到着したばかりの電車に、ちょうどほかの客とともに乗り込もうとしているところだった。

「谷尾、おい！」

振り向いた谷尾は、一瞬ぎょっとした顔をしたが、すぐに電車から離れて竹内のほうへ近づいてきた。

「竹内、お前、何やってんだ？」

並んだドアが閉まり、電車は谷尾を乗せずに発車する。谷尾はそれをちらりと振り返ってから、また竹内に顔を戻した。

「悪い、谷尾。俺どうしても――」

竹内は、たったいま考えついたことを早口で谷尾に伝えた。谷尾はほとんど相槌も打たず、なかば呆れたようにじっと話を聞いていた。

「もちろん俺だって、本気で考えてるわけじゃないんだ。亮がひかりを殺したなんて。でも――」

「本気じゃないにしちゃ……えらい勢いで走ってきたじゃねえか」

谷尾の目は明らかに戸惑っていた。自分のとるべき態度が、すぐには思いつかないようだった。

「とにかく竹内、そういう話するんなら、場所を移ろう。ここはまずい」

「いいよ、ここで。立ってるのがあれなら、とりあえずあそこのベンチでもいいし」

ベンチのほうへ行きかける竹内の腕を谷尾が摑んだ。

「いや、このホーム自体がまずいって言ってんだ」

「どうして？」

「亮の乗る高崎線は向かいのホームだぞ。もしここそ話してんの見られたら、変に思われるだろうが」

「気づくかよ、俺たちのことなんて」

周囲には電車から降りてきた人々がたくさん歩いている。新しくホームに入ってくる乗客もかなりいた。

「気づくことだってあるんだよ」

谷尾の口調が、何故だか急に強いものになった。

「階段の下に行くぞ」

谷尾は先に立ってホームを戻り、階段を下りていく。竹内が追いつくと、谷尾は前を向いたまま言った。

「そうか……お前は、あのエレベーターの話で思いついたのか」

「い、お前はって？」

「俺もな、じつはお前と同じことを考えてた」

竹内は思わず谷尾の横顔を見直した。

「いつから？」

「さっき、みんなで倉庫に入ったときからだ。だからあのとき、隈島さんにシャッターのことを訊いた。施錠されていたのかどうか。鍵はどこにあったのか。――まあ、あんまり参考にはならなかったけどな。もし亮がシャッターから入って、そのまま倉庫の暗がりに隠れてたんなら、当然鍵はひかりのポケットに押し込んだだろうし」

ただし、と谷尾は念を押すようにつづけた。

「俺だって、お前と同じで、べつに本気で亮のことを疑ってるわけじゃねえんだぞ。そういった可能性もあると、ぼんやり考えてただけだ。それだけだ」

谷尾は人通りの少ない構内の壁際に竹内を誘った。ベースケースを肩から下ろして地面に立て、その上に両手を重ねて竹内を見る。

「まあ、いずれにしても……言えるのは、亮にはひかりを殺すことができたってことだけで、実際に亮がやったかどうかは、まったく別の問題だ。これ以上あれこれ想像しても、何の意味もねえ」

「そうだけど――」

「とにかく落ち着け、竹内」

谷尾は諭《さと》すように言った。

「俺やお前がやたらに興奮してみても仕方ねえだろ。もう少し様子を見よう。もし本当に亮がやったんなら、そうそう長く隠し通せるもんじゃねえ。事故に見せかけた殺人がいつか露見することは、無数の推理作家がすでに証明済みだ」

しかしそんな理屈では、竹内はとても気持ちを落ち着かせることなどできなかった。

「だったら谷尾、亮がやってないって証拠を見つけようぜ。なあ、そうしよう。それが見つかれば俺だって安心するんだよ。でも、まさか本人に訊くわけにもいかないし――」

「証拠らしきものなら、一つあるぞ」

え、と竹内は口の中で声を上げた。

「亮がやってないっていう証拠があるのか？　どこに？」

谷尾が「そこだ」と示したのは、竹内の手だった。

「俺の手――お前、何言ってんだ？」

「思い出してみろよ。ひかりの遺体を見つけたとき、お前、桂といっしょにあいつの身体に触っただろ？」

「ああ、アンプの下から引っぱり出そうとして。だって、生きてるか死んでるか、わからなかったから」

「そのとき、どう思った？」

「死んでるって思ったよ。ひかりが死んじゃってるって」

「どうして？」

「どうしてってお前、そんなの触りゃわかるだろ。あいつの身体、もう完全に冷たく――」

そこまで言って、竹内は気がついた。

「そうだ……冷たかった」

あのとき、ひかりの身体は冷たかった。

だろ、と谷尾がつづける。

「冷たかったってことは、死んでからいくらか時間が経ってたってことだ。もし亮が野際さんを捜すふりをして外に出て、シャッターから倉庫に入ってひかりを殺したんなら、俺たちがひかりの遺体を見つけたときにはまだ死んで間もなかったはずだろ。身体が冷たくなってるはずはねえ」

「そっか……」

納得しかけたが、竹内は「でも」とふたたび谷尾に向き直った。

「でもさ、谷尾。そんなの証拠になるのかな。ほら、あのとき倉庫は暖房が入ってなかっただろ。だから、死んですぐに身体が冷たくなるってことも考えられないか？」

「もしかしたら、あるかもな。そういうことも」

「だったら――」

「だったら確認してみればいい。ひかりの死んだ時間を」

谷尾はコートの内ポケットから財布を出し、中から四角い紙を抜き取った。先ほどストラト・ガイで渡された隈島の名刺だ。

「隈島さんに訊いてみろよ。だいたいのことは、たぶんもうわかってんだろ」

「え、俺が訊くのかよ……？」

「気にしてるのはお前だろうが」

少し迷ったが、これで自分の気持ちを落ち着けることができるのならばと、竹内は携帯電話を取り出して名刺の番号にかけてみた。電話に出たのは女性で、隈島はまだ戻っていなかったが、竹内が連絡を取りたいと言うと電話番号を訊ねられた。通話を切ってしばらくすると、隈島から携帯で電話がかかってきた。

『竹内くんかい？　連絡をくれたんだってね？』

「あ、はいあの、ちょっとですね、お訊きしたいことがありまして。いま大丈夫ですか？」

『平気だよ。病院の外からかけているから』

そういえば隈島は、桂や小野木をひかりの遺体が運ばれた病院へ連れていくと言っていた。

「ひかりは、もう検屍とかされたんですか？」

『ああ、医者の手が空いていたからね、それはきみたちがスタジオを出る前にもう――』

数秒の間。

それから隈島は慎重な口調で訊ねてきた。

『……どうしてそんなことを訊くんだい？』

「いえ、あの、ひかりが何時頃死んだのか、それが気になったんです。それだけです。もし差し支えなければ、教えてもらえればと思って――」

ふたたび隈島は沈黙した。声が返ってくるまで、今度はかなりの間があった。

『午後四時頃じゃないかと、医者から報告があったよ』

「四時……」

それを聞き、竹内の胸には一気に安堵がこみ上げた。四時といえば、まだブースでの練習がはじまって間もない頃だ。

やはり姫川は、ひかりを殺してなどいなかった。暗い倉庫に潜んでなどいなかった。

「ありがとうございます。助かりました」

『助かった？』

隈島は不思議そうに問い返したが、竹内は余計なことは何も告げず、もう一度礼を言って通話を切った。

「おい谷尾、四時くらいだとよ、ひかりが死んだのは」

しかし谷尾は、何故だか顔を曇らせた。

「そうか……」

「何だよ、いい報告だろ？」

「まあ、それはそうなんだけどな」

「まだ何かあるのか？」

「いや、そういうわけじゃねえよ」

「何だよ、言えよ」

「何でもねえ」

「言えって」

谷尾は渋面《じゅうめん》をつくって鼻息を吐いた。

「じゃあ言うけどな、竹内。――四時っていや、ちょうど俺たちがブースに入ったくらいの時間だよな？」

「ああ、その時間だ」

「お前、憶えてないか？　今日、ブースで練習はじめてすぐに、亮が何をしたか」

「亮が何をしたか……」

台詞を復唱し、竹内は記憶をたどった。

「そういや、あいつ、珍しく便所に行ったな」

「いや、違う」

谷尾は暗い目をして小さくかぶりを振る。

「正確には、便所に行くと言っていたんだ。本当に行ったかどうかなんて、本人にしかわからねえ」

「ってことは……」

竹内は言葉に詰まる。

谷尾は溜息のように言った。

「倉庫に行って、戻ってきたのかもしれねえってことだ」

# 第四章

ウチの息子は　てんで駄目
いつも木と木のあいだに隠れてて
おもてに出たってロクなことしない
せめて人並みに　ねえ
せめて人並みに　ねえ
——Sundowner "Don't Push, Don't Pull"

## (1)

人生は芸術作品の模倣である。

以前、野際が人生について言った言葉を姫川はようやく思い出した。あれは、例によって姫川が、いい歳をしていつまでも物真似バンドをつづけている虚しさをこぼしたときのことだった。

——ヒッチコックと仲良しだった、アメリカの作家がね、そんなことを書いてたんだ——

ストラト・ガイの待合いスペースで、野際は姫川にコーヒーを付き合いながら、独り言のように話していた。

――たしかにそうかもしれないよなあ。いつかどこかで観た映画とか、絵とか、耳にした音楽に憧れて、みんな真似をしながら生きてるのかもしれない。意識的にせよ、無意識にせよ――

――そうして生きて、歳とって、どんな意味があるんですかね――

姫川が言うと、野際は意外そうに顔を上げて「あるさ」と答えた。

――だって、真似は個性を身につけるための手段なんだから――

――手段?――

――個性ってのはさ、何かを一生懸命に真似しないと、手に入れることなんて絶対にできないんだよ。はじめから独自のものを目指そうったって、そんなの上手くいくはずがない。音楽だって、絵だって、人生だってそうさ――

本当だろうか。

――一生懸命に真似したんだ――

ゴッホの模写を見つめながら、父も同じようなことを言っていた。

――一生懸命に真似をすれば、その人の本当にやりたかったことがわかる――

いま、姫川は考える。自分は、二十三年前の父と同じことをした。必死に真似をした。最後の最後にやってくる罪の結末は、自分と父では果たしてどう違ってくるのだろう。

ストラト・ガイでの殺人から三日が経過しようとしていた。水曜日の今日、姫川は会社を休み、市内の葬祭場で行われたひかりの告別式に参加した。厳粛を真似た事務的な作業が行われているあいだ、姫川は、人数の少ない親族席に座った桂を見ていた。彼女は父親の隣で僧侶の誦経《ずきょう》を聞きながら、背筋を凛《りん》と伸ばし——身じろぎもせず、呼吸さえしていないように、あの薄い靄のかかったような目で、漂う線香の煙をじっと見つめていた。

参列者たちに交じって会場をあとにするとき、姫川は最後にもう一度、桂を見た。桂も姫川を見ていた。しかしその視線は、二人のあいだを通り過ぎる黒衣の人たちによってすぐに遮られた。


「亮、これから何か予定あるのか？」

葬祭場の正面玄関を出たところで、姫川は竹内に呼び止められた。隣には谷尾もいる。二人が告別式に来ていることには気がついていたが、座った席が遠かったので、とくに会話はせず、一度互いに小さくうなずき合っただけだった。

「もし時間があれば、ちょっと付き合わないか？　三人で、話でもしよう」

「ひかりの話か？」

「ああ、まあ、そうだ」

竹内の微笑は、どこか硬かった。

少し迷ったが、けっきょく姫川は首を横に振った。

「悪いけど、今日は一人でいたい。いろいろと、考えることもあるから」

「でも、亮――」

竹内、と谷尾が止めた。ちらりと竹内に視線を投げてから、姫川に向き直る。

「こんなこと言っても無駄だとは思うけどよ、あんまり気を落とすなよ。一人でいて、もし辛くなったら連絡してくれ。何でも話を聞くから」

姫川はうなずいた。谷尾は姫川の目を真っ直ぐに見て言い添える。

「何かできることがあれば、いつでも相談に乗るからな」

谷尾が竹内を促し、二人は葬祭場をあとにした。

見慣れない彼らの喪服姿を見送りながら、姫川は三日前の夜のことを思う。

竹内から連絡があったのは、時刻が深夜一時を過ぎようとしたときだった。ちょうど、あの奇妙な電話があってから十分ほど後のことだ。暗い部屋の隅で、フラップがひらかれたままの携帯電話を姫川が睨みつけていると、手の中でふたたび着信音が鳴り出したのだった。

姫川は身を強張らせてディスプレイを確認した。しかしそこには〈非通知〉ではなく〈竹内耕太〉という名前が表示されていた。ようやく姫川は安堵して通話ボタンを押した。

――亮、起きてたか？――

──ああ──

竹内は姫川のことをとても心配していた。そして、先ほどの谷尾と同じようなことを言ってくれた。ひかりの死にショックを受けているだろうが、自分に何かできることがあれば力になると。そのとき竹内が口にした最後の言葉も、先ほどの谷尾とそっくり同じだった。

──いつでも相談に乗るからな──

しかし、いくら長年の付き合いがある友人でも、力になれることとなれないことがある。

短く礼だけ言い、姫川は通話を切ったのだった。

カイヅカイブキの植え込みに囲まれた葬祭場の敷地を出たとき、視界の隅で大きな人影が動いたのに気がついた。

「待ってたんだよ」

隈島だった。今日は一人らしく、西川の姿はない。

半白の頭に手をやりながら、隈島はにこやかに近づいてくる。

「僕のことが心配で、来てみたんですか？」

姫川が皮肉を込めて言うと、

「心配性なんだ。仕方がない」

隈島は目を細めて笑った。その表情は、本当に他意がなさそうに見えた。

「ひかりの事故のこと、あれから何かわかりましたか？」

「うん、まあ、少しだけね」

「どんなことです？」

隈島は笑みの残ったままの顔で、しばらくのあいだ黙って姫川を見つめていた。何度かゆっくりと瞬きをしてから、片手を軽く握って口の前に持ってくると、くいっと傾けてみせる。

「ちょっと、付き合ってくれないか？」

酒に誘われているのかと思ったが、違ったようだ。

「近くに、ちょっと美味いコーヒーを出す店があるんだ」

「せっかくですけど、今日は——」

「大事な話なんだよ」

にこやかな隈島の目の奥に、一瞬鋭い光が映った。


「ここのコーヒーは、西川くんでさえ美味いと言っていたよ。彼の実家、町田でコーヒー豆の専門店をやっているんだけどね」

カウンターにコートの肘をあずけ、隈島はブラックのままコーヒーをすすった。太くて毛深い指に取っ手をつままれたカップは、姫川のものよりもずっと小さく見える。

「西川くんは、ちょっと変わってるだろう。そう思わなかったかい？」

「ええ、少し。仕事が……ずいぶん好きみたいですね」

「気負いがあるんだろうなあ」

隈島はカップの湯気を眺めた。

「彼は、実家の両親とあまり上手くいっていないらしい。私もお会いしたことはないんだけどね、どうも彼の両親は、所謂《いわゆる》のんびり屋らしくて。西川くんは小さい頃から、それが嫌で嫌で仕方がなかったんだとさ。大した子供だよね。両親を見て彼は、自分はこんなお気楽な人間には絶対にならないって、ずっと決めていたらしいよ」

「だから、刑事になったんですか？」

そうじゃないかな、と隈島は微笑む。

「彼を見ているとね、息子を思い出すんだ。あいつも、あんなふうに頑張ってやってるのかなって。息子が刑事をやってることは――」

「以前にお聞きしました」

隈島の息子は、神奈川県の所轄に勤務しているらしい。

「息子はね、顔を合わせるたびに言うんだ。俺は親父を真似して刑事になったわけじゃないって。自分の意志でこの仕事に就いたんだって。息子は私と違って、昇級試験の勉強なんかもずいぶんと一生懸命やっているようでね、きっと若いうちに、いまの私の階級なんて追い抜いてしまうんじゃないかな。私はこれまで捜査、捜査、捜査――ずっと忙しくて、昇級試験の勉強なんてやっている暇がなかった。そうこうしているうちに、もう定年間近だ」

隈島はコーヒーをひと口飲み、カップの中を覗き込んだ。

「父親の真似ってのは、息子はやっぱりしたくないものなのかな」

何が言いたいのだろう。隈島の横顔からは、本心を読み取ることはできなかった。姫川はカップを口にあて、コーヒーを飲む音にも無頓着な風を装いつつ切り出した。

「大事な話っていうのは？」

隈島はうたた寝から醒《さ》めたように顔を上げる。

「ひかりさんの、解剖結果についてなんだ。あの日曜日、きみたちと別れる前から、じつはすでにわかっていたことなんだけどね」

カウンターにカップを置き、隈島は姫川を見た。

「彼女は、妊娠していた」

それは予想していた言葉だった。姫川はうなずき、用意していた言葉を静かに返す。

「僕の子供です」

隈島は少し驚いたように姫川の顔を見つめていたが、やがて「そうか」と言ってカウンターに向き直った。

「堕胎の予定があったみたいだね。産婦人科の予約を取ってあったのを確認してある。ひかりさんが亡くなったとき、スタジオの事務室に置いてあった彼女のバッグから、堕胎の同意書も見つかっている」

「僕のサインがあるやつですね」

「そう、事故の一週間前の、きみのサインがあるやつだ」

「彼女の遺体のポケットに、お金が入っていませんでしたか？」

「ああ、入っていた。――あれは、きみが？」

姫川はうなずいた。

「堕胎の費用です」

「そうか。なるほど、やっとあのお金の意味がわかったよ」

しばらくのあいだ、隈島はどこか屈託したような顔で、とんとんと自分の頭を叩いていた。

「お話というのは、それだけですか？」

早々に立ち去ろうと思い、姫川は残り少ないコーヒーを飲み干した。カップをカウンターに置き、胸ポケットの財布を探る。しかし隈島が発したつぎの言葉を聞いた瞬間、その手を止めた。

「ひかりさんは、事故じゃなかったかもしれない」

そのひと言は、姫川の耳に冷水のように流れ込んだ。

上着の胸に右手を突っ込んだまま、姫川はゆっくりと隈島に顔を向ける。純粋な驚き以外の感情――恐怖という感情を、表情に出さないよう注意しながら。

「どういうことです？」

「詳しい解剖結果が、昨日出てきた。ひかりさんの死因となった、後頭部の傷についてなんだけどね。あれはどうも、アンプが倒れた衝撃によるものだけではなかったのかもしれない」

「ええと、それは……」

姫川は素早く適当な言葉を探した。

「たとえば、ひかりは何か別のもので頭を殴られていたとか？」

「いや、そういうわけじゃないんだ。私の言い方がまずかったな。——ひかりさんの後頭部にぶつかったのは、傷の形状からして、あのアンプだと見て間違いないそうだ。ただね、傷の程度が、少々問題なんだよ」

「どう、問題なんです？」

「重さ一〇〇キロのものが倒れてきたにしては、頭蓋骨の陥没がいちじるしすぎるらしい」

神経が断ち切られたように、手足が瞬時に無感覚に陥った。すぐに言葉を返すことが、どうしてもできなかった。

「まあこれは、あくまで可能性だけどね。たとえば——誰か大人が、あのアンプの後ろ側にいて、自分の体重をかけながら力いっぱいアンプを倒したとすれば、あのくらいの頭蓋骨の陥没が生じるかもしれないそうだ。医者が言うにはね」

ここで、隈島は慰めるように目を細めた。

「でも亮くん、もう一度繰り返すけど、これはあくまで可能性の問題なんだ。いまの技術でもほら、頭蓋骨に向かって倒れ込んだものの正確な荷重までは、さすがにわからないから」

それきり隈島は黙り込み、カウンターに乗せた自分の拳を静かに眺めていた。

何故、隈島は自分にこんな話をしたのだろう。

どうしてわざわざ待ち伏せて、姫川を誘い、ひかりの解剖結果を伝えたのだろう。

（2）

その夜、桂のアパートのドアの前で、姫川はじっと待っていた。父が壁を見つめていたように、真っ直ぐ正面に顔を向け、暗い家並みを睨みつけながら。

——俺は、正しいことをした——

父の言葉が繰り返し聞こえる。それはやがて脳に棲み着いた腫瘍のように巨大化し、姫川の心臓の鼓動に合わせ、うわんうわんと頭蓋骨の中で反響した。俺は正しいことをした。正しいことをした。正しいことをした。正しいことをした。

九時を過ぎた頃になって、ゆっくりとした足音が階段を上ってくるのが聞こえた。

「……姫川さん」

喪服姿の桂は、蛍光灯のちらつく外廊下で立ち止まり、戸惑うように姫川を見た。黒いハンドバッグ一つで、あとは何も持っていない。

「――ひかりは？」

姫川は訊いた。

「あ……お仏壇が、越谷《こしがや》の親戚の家にあるんです。あたしも知らなかったんですけど。お姉ちゃん、そっちに連れていかれました。親戚の人たち、あたしには、今日はいったん帰って休むように言ってくれて」

「そう……」

「いつから、そこで立ってたんですか？」

「ずっと」

「お姉ちゃんのこと、待ってたんですか？」

姫川は曖昧に首を振った。

ゆっくりと、桂が近づいてきた。姫川の身体をよけるようにして、ドアの鍵をあけ、彼女は暗い室内に入っていく。姫川はそちらに身体を向けた。目の前で、ドアは静かに閉じられようとしていた。呼びかけることができなかった。桂の名前が、姫川の咽喉元で掠れて消えた。

ドアが完全に閉じられる直前、中から喪服の腕が伸びてきて、姫川のコートを乱暴に摑んで中へ引き込んだ。長いこと冷たい外廊下に立ち尽くし、硬くなっていた姫川の足は、そのはずみで容易によろけた。気がつけば、姫川は玄関の内側に膝をついていた。背後でばたんとドアの閉じる音がして——つぎの瞬間、姫川の顔は桂の腹部に強く押しつけられていた。細い二本の腕が、姫川の頭を掻き抱いた。

「あたし、知ってるんです」

桂の声は、細かく震えていた。

「ぜんぶ、知ってるんです」


窓から差し込む月明かりが、ベッドの脇に置かれたガラステーブルを照らしていた。桂のドラムスティックが、離ればなれになってそこに転がっている。桂の手によって自在に操られているときは、鉱物の結晶のように硬く、空気のように軽く見える二本の棒が、こうして間近で眺めてみると、嘘みたいに表面がささくれ立っていて、ひどく脆《もろ》そうなものに思われるのが不思議だった。

二十三年前に見た絵の具のチューブを、姫川は思い出す。

姉の死から数日後、担任をしていた女性教師が、姉が学校で使っていた教材一式を段ボール箱に詰め、家に届けに来た。その箱の中に、絵の具のチューブのセットが入っていた。家で絵を描くために、姉はときおりそれを持ち帰っていたので、姫川には馴染みのあるものだった。姉が使っているときは、その樹脂製のチューブはどれもぴかぴかに光って見えた。本当にそう見えた。あれを使えばもしかしたら自分にも上手な絵が描けるのではないかと、姫川はいつも思っていたものだ。しかし姉が死に、姉と引き離されてしまったそれは、もうまったく違うものに変わってしまっていた。チューブのあちこちに、乾いた絵の具がこびりつき、色名の書かれた四角いシールは端のほうが醜く破《やぶ》けていた。姫川にはそれが、ひどく哀しかった。

「この石――」

桂の声に、姫川は視線を転じた。

「月の満ち欠けといっしょに、色が変わるらしいですよ」

桂の姿は、岸に打ち上げられて白い腹を見せている一匹の魚のようだった。仰向けになった彼女は、布団もかけず、両手を身体の左右に脱力させ、静かに息づいていた。その胸に光っているのは、あの月長石《ムーンストーン》だった。

「でもたぶん、嘘だと思います。そういうふうに、感じたことないし」

石を月光にかざすように、桂はそれを掌に乗せて軽く持ち上げる。桂の掌には絆創膏が一枚貼られていた。スティックでできた豆でもつぶしてしまったのだろうか。石の表面に跳ね返った月の光が、微かに汚れた絆創膏を白く照らしている。

桂は胸の上にそっと月長石を戻した。

「こうやって、石を胸に置いたまま死ぬと、その人の魂は月に昇るんですって」

「それも、たぶん嘘?」

「だと思います」

桂は姫川に顔を向けた。

「いっしょに死んでみますか?」

姫川はうなずいた。

姫川の顔を見つめたまま、桂はゆっくりと瞬きをする。そして唐突に言った。

「あの日……ブースでの練習のあと、谷尾さんが倉庫に行こうとしましたよね。お姉ちゃんを呼ぼうかって」

桂の目の縁から、涙が伝った。

「あのとき姫川さん、止めましたよね。谷尾さんのこと」

姫川はそっと首を横に振る。

「憶えてない」

「姫川さんが、やったんですよね?」

その声は、先ほどまでと変わりなく、静かで落ち着いたものだった。

「あたしのためだったんですか?」

姫川は言葉を返すことができなかった。目をそらし、じっとガラステーブルの上を見つめる。二本のドラムスティックが、姫川の目の中で歪んだ。

「ほんとのこと言います」

桂が微かに身じろぎ、ベッドが軋む。

「あの日、あたしがいちばん哀しかったこと、何だと思います？」

「ひかりが、この世からいなくなったこと？」

違います、と桂は答えた。

「哀しくなかったことです」

言葉の最後が小さく震えた。

「お姉ちゃんが死んでも、哀しくなかったんです。あたし、ちっとも哀しくなかったんです。それが――いちばん哀しかったんです」

声が途切れ、小さな嗚咽になった。抑えよう、抑えようとしても、こみ上げる感情の強さに耐えきれず、それでも必死に闘っているように、桂は切れ切れの声を押し出した。

「お姉ちゃん、知ってたんです……あたしがいつも姫川さんのこと考えてるって……お姉ちゃん、あたしに言うんです……姫川さんに、どんな格好で、どんなことされて……いつも、わざとあたしに……」

姫川は何も言葉を返すことができなかった。

「だから、哀しくなかったんです……だから哀しかったんです……」

姫川は桂を抱いた。桂はいっそう激しく震えながら、両腕で姫川にすがりついた。そして彼女は、声を放って泣いた。子供が怪我をしたときのように、姫川の腕の中で、大きな声を上げて泣いた。

（3）

桂は姫川に、カブトムシの話を聞かせてくれた。

「小さい頃、お姉ちゃんと、お父さんと三人で捕りに行ったんです。クヌギ林に」

林と言っても、そこは田んぼと民家に囲まれた、ほんの小さな場所だったらしい。

「草の中で、見えない虫がたくさん鳴いてて、酸っぱいみたいな樹液の匂いがして、あたしたちの声がすごくよく響いて――」

カブトムシは、けっきょく見つからなかったそうだ。

そのかわりに熊がいたのだと桂は言った。

「――熊？」

「葉っぱが、急にガサッて動いたんです。あたしとお姉ちゃん、それを見て、熊かもしれないって言って怖がりました。お父さんも、わざと真剣な目でそっちを見たりして、あたしたちのこと怖がらせようとしてました」

月長石を胸に乗せ、桂は天井を見上げて微笑んでいた。微笑みながら泣いていた。

「そのときはあたし、お姉ちゃんのこと、大好きだったんです。お父さんのことも。だから、二人が手をつないで歩いていっちゃったときは、ほんとに哀しかった」

「二人で、先に行っちゃったの？」

「お姉ちゃんとお父さん、昔からすごく仲がよかったんです。あたしがお姉ちゃんと五歳も離れてて、何をやってものろかったからなのかもしれません。お父さん、いつもお姉ちゃんとばっかり仲良くしてました。よく手をつないで散歩に行ってたし、家の中でテレビを観てるときも、二人でぴったりくっつくようにして座ってました。お父さんが家にいてくれること自体が珍しかったから、あたし、いつも泣きたいのを我慢してました」

　桂は姫川に顔を向けて笑った。

「それもあって、あたし、だんだんお姉ちゃんのことが嫌いになっていったんです。子供だったんです。いまでも子供なんです」

「なのに……どうして、ひかりと二人で暮らしてたの？」

「高校を卒業したとき、お姉ちゃんと離れて一人で暮らそうかなって思いました。でも、それをやっちゃったら、もうお姉ちゃんのこと、二度と好きになれないんじゃないかって思ったんです。お母さんが出ていって、お父さんも帰ってこなくなって……あたしにはもうお姉ちゃんしかいなかったし、お姉ちゃんにもあたししかいなかったし——」

　言葉は中途半端に途切れた。

姫川は手を伸ばし、月映えの桂の髪に触れた。光が濾《こ》されて、青白い冷たさだけが残ったように、桂の髪はひんやりとしていた。すぐ鼻先に、あの懐かしい匂いがした。甘いような、姉の匂い。大好きだった姉の匂い。桂の身体を胸に引き寄せ、姫川は目を閉じた。


人は、眠っているあいだがいちばん身勝手なのかもしれない。

ふたたび目をあけたとき、姫川はそう思った。

ある人は、隣で眠っている大切な人を起こさないようそっと布団に潜り込んだのに、いつのまにか大いびきをかいて迷惑をかけている。ある人は、仔猫が寒くないようにと自分の脇に抱いて寝たのに、朝になったらその仔猫が自分の胸の下で冷たく絶命している。

姫川は、あれだけしっかりと自分の腕を巻き付けていた桂の身体を放し、気がつけば、一人でうつぶせに横たわっていた。

「いつも、そういうふうにして寝てるんですか？」

囁き声に顔を上げる。桂は、姫川が目を閉じたときと同じ場所で、同じようにこちらに身体を向けていた。

「昔から、そうなんだ」

姫川は枕元の時計を見る。青いデジタル数字は、深夜の三時四十二分を表示していた。

「小さい頃から、ずっと？」

「そう。いつもこうやってうつぶせになって、両手の人差し指を耳に突っ込んで寝てた。いまはさすがに、それはやってないけどね」

「どうして、指を耳に入れてたんです？」

「一階にいる、両親の声を聞くのが怖かったから」

姫川は打ち明けた。父の在宅療養。母の憔悴。夜になると聞こえてきた、低い言い争いの声。母のすすり泣き。ただ、自分に姉がいて、そしていなくなったことだけは、敢えて口にしなかった。

「だから、いつのまにか二段ベッドの上で、耳を塞いで眠るようになった。そうすると、よく眠れるんだ。安心して」

耳に人差し指を突っ込んで目をつぶり、聞こえてくる声を遮断し、楽しいことや面白いことを一生懸命に考えていた夜のことを姫川は思い出した。

「でも、どうしても眠れないときもあった。父親が死ぬのが可哀想で。母親が笑わなくなったのが哀しくて。——そういうときは、こうやって、枕を顎の下にあてて、少し顔を上げて目をひらいた」

姫川はそばにあった枕を引き寄せ、顎の下に入れた。

「そうすると、ベッドの枠のあいだから、ちょうど絵が見えたから」

「——絵？」

「壁に貼った、俺の絵。絵本に載ってたハンプティ・ダンプティを描いたんだ。俺、絵が下手だったんだけど、あれだけは上手く描けていて、気に入ってた」

だから姫川はその一枚を、部屋の壁に貼っていたのだ。夜になると、窓から射し込む月明かりがちょうどそこへあたって、まるで美術館に飾られた作品のようだった。ベッドの枠越しに、自分の斜め下で美しくライトアップされたハンプティ・ダンプティを眺めながら姫川は、もしかしたら自分にも母や姉のように絵の才能があったのではないかと考えたりした。それは、とても嬉しい想像だった。わくわくするような考えだった。——もっともいま思えば、姫川があれを上手く描けたのは、キャラクターの姿が単純だったからだ。姫川のハンプティ・ダンプティは、ただ卵に長ズボンを穿《は》かせ、目玉焼きのような目を二つと眉毛をくっつけただけのものだった。

「俺、あの頃、姉さんの真似をしてよく絵を描いてた。でも、どうしても姉さんみたいに上手く描けなくて——」

言葉を切り、姫川はちらりと桂の顔を窺った。桂は哀しげに笑っていた。

「お姉さんが、いたんですね」

姫川はぎこちなくうなずいた。そして、どこか姉に似た桂の顔を、じっと見た。

「一人っ子じゃなかったのは、わかってました」

「——どうして?」

「だって、さっき姫川さん、『二段ベッド』って言ったから」

たしかに、一人で二段ベッドは使わない。

「お姉さん、いまは？」

いない、と姫川は答えた。

「小学校三年生のクリスマスの日に、二階の窓から落ちて死んだ。頭の後ろを、庭の石にぶつけて、まるで眠ってるみたいに――ほんとに眠ってるみたいに、死んでた」

それから長いこと、姫川も桂も黙り込んでいた。桂の身体が、いまだに月明かりに照らされているのが不思議だった。ずいぶん時間が経っているはずなのに、まるで月にあわせて移動しているように、桂の身体はいつまでも白い光の中にあった。

「姫川さん」

桂が上体を起こした。強い目で姫川を見据えて彼女は言った。

「お願いがあるんです」

(4)

「……亮くん？」

十数年ぶりに再会した看護師の卑沢は、ロビーで待っていた姫川を見て嬉しそうに顔をほころばせた。四十代後半の彼は、髪に白いものが混じり、顎の下にはだいぶ肉がついていた。しかしそれでも、ハンサムだった昔の面影は十分に見て取れる。

「いや、呼び出しで『ヒメカワ』って言ってたから、もしかしたらとは思ったんだけどね。いやこりゃ、すっかり大人だなあ、亮くん」

上体を引くようにして姫川の全身を眺めながら、卑沢はしきりに唸《うな》った。言葉遣いもずいぶん中年らしくなっている。白衣の胸に着けられたネームプレートを見ると、いまでは看護師長になっているようだ。

「まあ、亮くんもそりゃ大人になるよなあ。僕もここに勤めて、もう二十五年だもんなあ」

「すみませんでした。お忙しいところを呼び出したりして」

「大丈夫大丈夫。ちょうど、三時から休憩に入ろうと思ってたところだったんだ。コーヒー飲むかい？　飲もう」

卑沢はロビーの隅へ姫川を連れていき、自販機でコーヒーをおごってくれた。まるで、指を怪我した母を連れてきた、あのときのようだった。

「なんだか具合が悪そうだね。仕事、忙しいんじゃないのかい？」

自分のカップを口にあてながら、卑沢は姫川の顔を覗き込む。

「ええ、最近ちょっと」

「今日は、会社は休みなの？　あれ、会社勤めなんだよね？」

「そうです。今日は有休をもらって」

「たまにはね、そうやってゆっくりしたほうがいい。身体は大事にしないと」

卑沢は感慨深げに息を吐いた。

「――で、どうしたの？　休みの日に、わざわざ懐かしいこの顔を見に来てくれたのかな？」

ぴしゃりと自分の頬を叩く。

「それもあるんですけど、じつはちょっと、卑沢さんにお願いがあったんです」

姫川はコートのポケットから赤いチケットを取り出した。紙面の真ん中に、黒字で『グッドマン』と大きく印字されている。

「僕たちの、ライブを見に来て欲しいんです」

それは昨夜、桂が言い出したことだった。当初の予定通り、日曜日にグッドマンでのライブをやりたいと。

――お姉ちゃんのために、どうしてもやりたいんです――

桂の様子は、ひどく真剣だった。

――今回のライブが、最後の演奏になると思うんです――

それは姫川も同感だった。もう、時間の問題かもしれないのだ。

――わかった――

姫川は静かにうなずいた。

今朝一番で、姫川は谷尾と竹内に電話をかけた。予定通りライブをやりたいと切り出したとき、二人はまず桂のことを心配したが、その桂が言い出したことなのだと姫川が説明すると、どちらもすぐに承諾してくれた。竹内は一人でも多く客を集めると約束し、谷尾はグッドマンに連絡して、なんとしても「キャンセルをキャンセルする」ことを請け合ってくれた。

この病院へ来る前に、姫川はストラト・ガイに立ち寄り、野際にチケットを渡してきた。スタジオにはちょうど隈島と西川が来ていたので、彼らにもチケットを差し出した。

――私は持ってるよ――

財布の中から、以前舞の屋で渡したチケットを取り出し、隈島は笑ってみせた。西川のほうはというと、意外にもそういったことに興味があったらしく、ふんふんとうなずきながら姫川の渡したチケットの裏表を繰り返し眺めていた。

わざわざ病院までやってきて、長年会っていなかった看護師の卑沢をライブに誘ったのには、それほど深い理由はない。ただなんとなく、そうしたかったのだ。今回の出来事は、二十三年前のあの事件の再現だった。だからこそ、父の最期を看取った卑沢に、自分の最後のライブを見に来てもらいたかったのかもしれない。この世を去っていく父を見送ってくれたように、もうすぐ堂々と人前に立つことができなくなってしまうかもしれない自分を、見送って欲しかったのかもしれない。

父の主治医だったあの医者も、できればライブハウスに足を向けてくれればと姫川は考えていた。

「へえ、バンドなんてやってたんだね。日曜日なら大丈夫だと思うよ。いま財布――」

行きかける卑沢を姫川は制した。

「いいんです、お金は。それより卑沢さん――あのときの先生はどうされてますか？　父を担当してくれていた、あの」

「ああ、マスダ先生」

卑沢は残念そうな顔をした。

「お亡くなりになったよ。五年……ええと、六年前だったかなあ。大腸にね、癌が見つかって」

「そうですか」

姫川は小さく息をついた。もっとも、あのときすでに高齢だったので、もう生きていないかもしれないとは思っていたが。

「引退されて、ご自宅で奥さんと二人で過ごされていたんだけどね。亮くんのお父さんといっしょで、ご自分のベッドの上でお亡くなりになったらしい。亮くんのお父さんの場合は、癌の場所が悪くて切除ができなかったんだけど、マスダ先生の場合は、もうかなりのお歳だったからね、身体への負担を考えて、手術はしなかったんだ」

紙コップのコーヒーをすすり、卑沢は独り言のようにつづける。

「マスダ先生にも、やっぱり息子さんがいてね。ずいぶん心配してたなあ。大腸癌には遺伝性のものもあるから、自分は大丈夫かって。息子さんって言っても、もう還暦を過ぎてたけど」

「まあ、それでも心配ですよね」

そのとき、ふと思いついて姫川は訊いてみた。

「脳の癌というのは、遺伝しないんですか？　脳腫瘍は」

しないしない、と卑沢は首を振る。

「まあ、ごく稀に、遺伝的要素から発生する脳腫瘍もあるにはあるけどね。亮くんのお父さんの場合は、それじゃなかった」

そう言うと、卑沢は懐かしげに眉尻を下げた。

「亮くんのお父さんも、やっぱり心配してたなあ。僕に三回くらい訊いていたよ。将来、塔子ちゃんも同じ病気に罹《かか》ることがあるんじゃないかって。僕がいくら大丈夫だって言っても、お父さん、不安で不安で仕方がないみたいだった。塔子ちゃんが事故で亡くなったとき、僕はそんなことも色々と思い出して、何日も眠れなかったよ。まあ……ご家族の受けたショックとは、到底比べものにならないんだろうけどね」

そういえば、姫川の記憶にもある。

――本当に、大丈夫なんですね？――

父が卑沢やマスダ医師に、真剣な顔で訊ねていたのをたしかに見たことがある。

――いつか塔子が同じ病気に罹る心配はないんですね？――

部屋の隅から、そんな父を眺めながら、どうして姉のことだけを心配するのだろうと、姫川はちょっと哀しくなったのを憶えている。

「父は、やっぱり姉のことが大好きだったんですね」

そのときの哀しさが、いままた姫川の胸に迫った。

「卑沢さんに三回訊いたってことは、マスダ先生のほうには、もっと訊いてたかもしれませんね」

「かもしれない。最初はさ、僕も不思議に思ったよ。お父さん、きみのことを可愛がっていないんじゃないかって疑ったりもした。亮くんには申し訳ないけどね」

卑沢は小さく笑う。

「まあ、でもそれは僕のせいじゃない。そう思ってしまってもしょうがないよ。僕はほら、そのときまだ知らなかったから」

「知らなかった――」

その言葉が、姫川の心に鉤針《かぎ》のように引っかかった。

「何を知らなかったんです？」

「だからほら、僕はてっきり亮くんもお父さんの」

卑沢は唐突に言葉を切った。唇を結び、素早く視線を上げて姫川を見る。

どくんと心臓が鳴った。それからは、指先で机を叩くような細かい鼓動がつづいた。目の前に立つ卑沢を中心に、周囲の景色が一気に白くなって消えた。腹の底が冷たくなり、息を吸い込んだまま吐き出せなくなった。——どうしていま卑沢が言葉を切ったのか、直感的に理解できたからだった。

卑沢は。

卑沢はいままで。

姫川が知らなかったということを知らなかったのだ。

真っ白な視界の中で、卑沢の唇が、ためらいがちにひらかれた。微かに掠れた声が、その奥から聞こえてきた。

「亮くん——」

（5）

絵の具の匂いに満ちた部屋の中で、姉を描いた絵に囲まれて、母はいつものようにじっと座っていた。ささくれ立った畳の上で、表情のそげ落ちた一体の石仏のように、ただ目の前の空気を見つめていた。

「どうして、隠してたんだ？」

母の前に立ったまま、姫川はコートのポケットから四つ折りに畳んだ証書を取り出した。母は何も答えず、顔さえ上げようとしなかった。姫川が証書を母の膝先に落とすと、母の視線が僅かに動き、細い肩がぴくりと震えた。

たったいま、姫川が市役所で取ってきた戸籍謄本だった。

「父さんにも母さんにも、離婚経験がある。二人とも、再婚だった。姉さんは父さんの連れ子だった。俺は母さんの連れ子だった」

姫川はもう一度、同じことを訊いた。

「どうして隠してたんだ？」

母を責めるのが残酷だということは、姫川にもわかっていた。戸籍謄本に記載された内容によると、父と母が結婚をしたとき、姫川は生後半年、姉は二歳だった。そんなに幼い子供たちに、離婚や再婚を説明することなどできるはずがない。二人に事実を打ち明けることを考えはじめてはいたのだろう。しかし、なかなかその機会を摑めずにいたのに違いない。そうしているうちに、姉が死んだ。父が死んだ。姫川は成長し、母のもとを去っていった。――きっと、隠していたわけではなかったのだ。単に、話すことができなかっただけなのだ。それでも、いまの姫川に、ほかに責める相手はいなかった。悔しさと哀しさを投げつける相手はいなかった。

父は、父ではなかった。

姉は、姉ではなかった。

二人はもうとっくに死んでいるというのに、姫川の胸は深い孤独感に満たされていた。

実の父親と会いたいわけではない。顔も知らないそんな相手に、いまさら興味はないし、たとえ会ってみたところで、きっと話すこともなく、虚しいだけだろう。ただ姫川は、失くした大切なものが本物であって欲しかったのだ。父と母と姉と自分が、血のつながった本当の家族であって欲しかったのだ。

静かなすすり泣きが聞こえた。

母は顔を下に向け、皺《しわ》の寄った指先を膝の上で震わせていた。姫川の前で最後に母が泣いたのは、二十三年前だった。父が死んだあの日、母は父の布団に額をつけ、長いこと泣いていた。そのときの母の泣き声は、もう記憶の中に埋もれてしまい、心の中で耳を澄ましてみても聞こえてはこない。すぐそばで聞こえる母の泣き声——大人になって初めて聞く泣き声は、細く、高く、途切れ途切れで、歩き回って疲れ果てた、弱々しい痩せ犬のようだった。

長いこと、姫川は母の細い肩を見下ろしていた。哀しみが水滴のように姫川の胸の底に落ち、それは一滴一滴、手の届かない場所へと染み込んでいった。

「ライブをやるんだ」

姫川はグッドマンのチケットを取り出し、母の膝に置いた。

「俺、会社に入ってからも、まだバンドやってたんだ。メンバーのうち二人は高校時代からの仲間でさ。この前ここに来たときも、俺、ギター持ってただろ」

母の嗚咽が高まった。

「たぶん、人前で何かやるのは、これが最後になると思う。気が向いたら来てくれ。一年生の——最初の学芸会のときよりは、少しは堂々とやってるから」

静脈の浮いた手が、震えながらそろそろと動いてチケットを摑んだ。

母に背を向け、姫川は玄関へと向かう。最後に一度だけ振り返ると、壁際に、あの額縁が立てかけられているのが見えた。割れた硝子の向こう側で、姉の顔をした可愛らしいサンタクロースがにこにこと微笑んでいる。母から姉へのクリスマスプレゼント。姉が死んだ日、母が渡すはずだったクリスマスプレゼント。血のつながっていない娘のために、母が描いた絵。

姫川はドアを出た。

風が出てきたらしく、細い雲が、恐ろしいスピードで空を移動していた。

＊　＊　＊

「すげえ風だな」

流れる雲を窓越しに見て、竹内が呆れたように口をあけた。谷尾はテーブルに上体を乗り出し、竹内に顔を近づける。

「風なんてどうでもいい。それよか、お前、ほんとにそんなことしたのか？」

谷尾の勤める会社の近くにある、小さな喫茶店の片隅だった。仕事中に竹内から電話があり、少し時間が取れないかと言われて谷尾は出てきたのだ。

「した。ほんとに」

竹内は谷尾の目を見て平然とうなずいた。

ひかりが死んだ日の夜、竹内は、音声変換器を使って声を変え、姫川の携帯に電話をかけたのだという。

「俺、どうしても確かめたかったんだ。亮がひかりを殺した――」

竹内は素早く言い直した。

「殺してなんて、いないってことをさ。だから、ちょっと脅《おど》かすような電話して、あいつの反応を見てみようと思ったんだ」

「お前、いくら何でもやり方が――」

思わず声が大きくなったことに自分で気づき、谷尾は声を低めた。

「で？　亮に何て言ったんだよ？」

「トイレなんて行かなかったんだよね、って」

「は？」

すぐには意味がわからなかった。しかし頭の中で何度かその言葉を繰り返しているうちに、ようやく呑み込めた。――つまりこういうことだ。あの日、姫川はトイレに行くと言って練習中にブースを抜け出した。しかし谷尾と竹内は、姫川が本当はトイレになど行かなかったのではないかと考えた。彼は実際には倉庫に向かい、ひかりを殺し、ブレイカーを落とす工作をして、ふたたびブースに戻ってきたのではないかと。

「トイレなんて行かなかったんだよね……か」

たしかにそんな言葉を突きつけられれば、もし姫川が本当に二人の疑いどおりのことをやっていたとしたなら、平静ではいられないだろう。何か反応を示すはずだ。

「亮は、何て言ってた？　何か答えたのか？」

ついさっき竹内のやり方に声を荒げたばかりなのに、谷尾は訊かずにはいられなかった。

「いや、そのときはすぐに電話を切ったよ。だって、さすがにその場で『そのとおり』とか『いやいや、あれはほんとにトイレだった』とか答えないだろ」

それはそうだ。

「俺が亮の反応を確かめたのは、その十分くらいあとだ。俺、あいつに電話かけたんだよ。今度は非通知じゃなくて、俺の携帯番号を通知して。もちろん俺の声でな。そのときあいつ――」

「どうだった?」

普通だった、と竹内は答えた。

「落ち着いてたよ」

「なら、やっぱりあいつは何もやってねえんじゃねえか。馬鹿馬鹿しい」

谷尾は鼻息を吐いてポケットの煙草を探る。しかし竹内のつづけたひと言に、その手をぴたりと止めた。

「ただ、あいつ――直前の電話のこと、何も言わなかったんだ。俺に」

風で窓硝子が震えた。

「おかしいと思わないか? だって、もしあいつが何もやってないとしたら、どうして直前の電話のことを言わないんだ? 夜中にいきなり変な電話がかかってきて、そのすぐあとに俺と話したんだぞ。普通は言うだろ。『じつはいま、おかしな電話があってさ』とか何とか」

「言う……だろうな」

なかば呆然としながら、谷尾は答える。

するとやはり、姫川はあのときトイレなどには行かなかったのだろうか。倉庫へ向かったのだろうか。しかし、いくら竹内との会話の中で、姫川が直前の不審な電話の件に触れなかったからといって、すぐさま姫川が嘘をついていたとか、ましてやひかりを殺したなどという証拠にはならない。

駄目だ。これ以上考えても意味がない。

谷尾は顔を上げた。

「まあ、とにかく……もうやめろよ、そういうことは」

「俺も、あとからそう思ったよ」

竹内はふてくされたように顔をそむけ、やらなきゃよかった、と小声で付け加えた。

しばし、気だるい沈黙が流れた。

竹内がテーブルの上の自分の指先をぼんやりと見つめながら呟く。

「ライブ、やるんだよな」

「桂がやりたいって言うんだ。やるしかねえだろ。——ひかりの追悼だと思って、気合い入れて演奏しよう」

「だな。俺も、一人でも多く客を集めてみるよ」

谷尾は腕時計を確認した。思いの外、ここに来てから時間が経過している。

「竹内、俺そろそろ」

「もう一つあるんだ」

「何だよ」

いったん浮かしかけていた腰を、谷尾はふたたび下ろした。

「ちょっと、聴いてもらいたいものがあってさ」

竹内はジャケットの胸ポケットからｉＰｏｄを取り出し、テーブルの上に置いた。イヤホンの片方を自分の耳に入れ、もう片方を谷尾のほうに突き出す。

「半分ずつ聴くのか？」

少々周りの目が気になったが、谷尾は仕方なくイヤホンを自分の右耳に入れた。竹内は本体をなにやら操作し、最後に再生ボタンを押す。その瞬間、いきなり大音量のエアロスミスがどかんと谷尾の右耳の中に流れ出した。思わず顔をしかめ、左に頭を振る。

「おい、ちょっとボリューム下げろ、難聴になる。だいたいお前、いまさら二人でエアロ聴いて――」

いや、違う。谷尾は椅子に座り直した。

「お前の声か？」

歌っているのは竹内なのだった。

曲は“**Walk This Way**”だ。谷尾は右耳に神経を集中する。桂のドラム。谷尾のベース。竹内のヴォーカル。——姫川のギターのリズムが乱れはじめ、やがて聞こえなくなる。ついでドラムとベースとヴォーカルが、ラジカセの電池が切れるように、のろのろと演奏を中止する。

「おい、これ……」

ホワイトノイズ。

**《亮……大丈夫か？》**

**《……何でもない》**

「このあいだの練習で録《と》ったやつだよな」

竹内は無言でうなずいた。

**《トイレに行ってきてもいいか？》**

**《大か？　小か？》**

**《中か？》**

**《録音、止めとくぞ》**

**《いや、大丈夫。すぐに戻るから》**

竹内が左腕をテーブルの上に突き出してきた。袖を引いて腕時計を見せる。谷尾は竹内の意図に気づき、ロレックスの腕時計の針を注視した。

ブースの防音ドアが閉まる音。

《あ。あ。え。現在亮が用を足しに行っているところです》

文字盤の上を、秒針がゆっくりと回っていく。

《小なので、すぐに戻る予定》

秒針は十二個の数字を過ぎ、やがて二周目に入り……十秒……二十秒……。

《お、戻ってきた》

谷尾ははっとして顔を上げた。

一分四十五秒。それが、姫川がブースを抜けていた時間だった。

「できると思うか？」

竹内がｉＰｏｄの再生を止める。谷尾はイヤホンを抜いてテーブルに置きながら、ゆっくりと首を横に振った。

「——無理だろうな」

たった一分四十五秒のあいだに、姫川が最も入り口に近い『1』のブースを出て、最もスタジオの奥にある倉庫まで行き、ひかりを殺してブレイカーを落とす工作をして、また戻ってくるなど、どう考えても不可能だ。

「俺、もう少し長い時間抜けてたもんだと思ってたんだ。ゆうべ、この録音のこと思い出して、聴いてみるまでは」

竹内は椅子に背を預けて眉を寄せる。

「なあ谷尾。やっぱり亮は、あのときほんとにトイレに行ってたのかな。倉庫に行ってどうのこうのってのは、完全に俺たちの思い過ごしだったのかな。——でも、そうだとすると、何であいつは俺が電話したときに直前の電話のことを話さなかったんだ？」

竹内は茶色い髪を乱し、ぼりぼりと頭を掻いた。

「俺、ゆうべこの録音聴いてから、もう何が何だかさっぱりわからなくなっちゃってさ」

谷尾は考える。あの日の姫川の行動の中に二点、自分たちは疑惑を抱いていた。一つは、野際を捜しに外へ出たとき、姫川は建物を回り込んでシャッターから倉庫に入り、ひかりを殺したのではないかという疑惑。そしてもう一つは、いま話していた、練習中に姫川がブースを抜けたときの行き先についての疑惑。——隈島から、ひかりの死亡推定時刻が四時頃だったと聞いたことで、前者の考えは否定された。そしていま、姫川がブースを抜けていたのが二分にも満たない時間だったとわかり、練習中にひかりの殺害や電灯の工作を行ったという考えもまた否定された。

しかし。

「二つ、同時に考えてみりゃいいんだ」

答えは簡単だった。

「二つ——何を？」

「ＭＴＲといっしょだ。音を二つ重ねるには、別々に録音すりゃいい」

つまり、こういうことだったのではないか。

まず姫川は、練習中にブースを抜け出し、倉庫でひかりを殺害してシャッターの鍵を内側からあけ、すぐに戻ってきた。そして練習が終わったあと、野際を捜すと言って外へ出て、あけておいたシャッターからふたたび倉庫に入り——シャッターを内側から施錠し、鍵をひかりのジーンズのポケットに押し込んで、そのときあらためて電灯の工作を行った。

谷尾は自分の考えを竹内に話して聞かせた。

「——で、亮はそのまま暗い倉庫の中に隠れてた？」

竹内が声を低くして訊く。

「そういうことだ」

谷尾はうなずいた。

そのあとは、自分たちの考えていたとおりだったに違いない。谷尾と竹内が野際捜しから戻ってきて、桂といっしょに暗い倉庫へ入っていった。そのとき倉庫の中に潜んでいた姫川は、三人の背後から話しかけ、あたかもたったいま外から戻ってきたようなふりをした。

「たしかに……それならできるよな。ひかりを殺すことも、電灯なんかの工作をすることも」

竹内はテーブルを見下ろして口をつぐむ。二十秒ほどそうしていたあと、彼はちらりと目だけを上げて谷尾に訊いた。

「それ、隈島さんに話したりするのか？」

話さねえ、と谷尾はかぶりを振った。

「黙ってるのかよ？」

「黙ってる」

「何もしないのか？」

「そのつもりだ」

物言いたげな視線が、テーブル越しに谷尾に向けられる。しかし、いつまで経っても竹内は言葉を発しなかった。きっと彼自身も、自分が何を言いたいのかよくわからないのだろう。

「今回、やっぱりライブをやろうって言い出したのは桂だったらしいけど——」

かわりに谷尾が口をひらいた。

「亮がそれに賛成したのには、理由があったのかもしれねえな」

「理由？」

「そう。たとえば、ほれ——」

谷尾は竹内から視線を外してつづけた。

「いずれ、自分が警察に捕まることを覚悟してるとかよ」

自分にとって、最後のライブになるかもしれない。そう思ったからこそ、姫川はライブ決行の提案に賛成したのではないか。もうすぐ自分は人前に立つことができなくなる。そう予感して、彼はステージに立つことを決めたのではないか。

「なあ、谷尾。亮がやったこと……ばれると思うか？」

不安げな顔を向けてくる竹内に、谷尾ははっきりとうなずいた。

「警察の力は、馬鹿にできねえ」

きっともう、時間の問題なのだ。

警察の捜査の手は、遠からず姫川に届いてしまうだろう。

窓外に目をやる。灰色の雲が、相変わらず恐ろしいスピードで空を流れ飛んでいる。

ライブの日——何かよくないことが起きるのではないか。

ふと、そんな気がした。

# 第五章

ようやく気づいたのかい
おたくはもう　選ぶしかない
地下に潜るか　空に行くか
だから言ったじゃないか
だから言ったじゃないか

——Sundowner "DDD"

（1）

グッドマンの客席が人間で溢れかえっているのを、姫川は初めて見た。

この三日間で、竹内が懸命に呼び集めてくれた客たちだ。姫川も谷尾も桂も、思いつく相手すべてに声をかけてはいたのだが、やはり竹内の人脈には敵《かな》わなかった。客席には、高校卒業以来会っていなかった懐かしい同級生たちの顔もあった。彼らも、竹内が連絡先を調べて誘ってくれたらしい。ひかりが死んだことを話し、今度のライブにはひかりの追悼の意味もあるのだと説明すると、彼らは即座に了解し、ここへ来ることを約束してくれたのだという。

最後のライブに、本当にふさわしいと姫川は思った。

まだ暗いステージの袖から、賑わう客席に視線を巡らせながら、姫川はジーンズの後ろポケットに手を触れる。硬い、カッターナイフの感触。それをゆっくりと指先で確かめる。

「あと二十分だな」

隣に谷尾が立った。姫川は素早く右手をポケットから離した。

「これだけ客がいるの見ると、さすがのお前でも緊張するか？」

「少しな」

「ここにいたら余計落ち着かねえだろ。楽屋、戻ろう」

姫川は谷尾とともに舞台の脇のドアをあけ、物置のような小さな楽屋に入った。中で座っていた桂と竹内が顔を上げる。ドアを閉めると、聞こえていた客席のざわめきがふっと消えた。姫川と谷尾は空いている椅子に腰を下ろす。

誰も、口をひらかなかった。

今日、ここへ集まってステージで簡単な音合わせをしたときも、この楽屋で待機しているあいだも、みんな黙しがちだった。それがライブ前の緊張によるものなのか、ひかりのことを考えているからなのか、姫川にはわからなかった。

母は、見に来てくれるのだろうか。客席にはまだ、その姿はない。

姫川は竹内に顔を向けた。

「竹内――一つ、教えて欲しいことがあるんだ」

「俺に？　珍しいな」

竹内は不思議そうに眉を上げる。

前置きなしに、姫川は切り出した。

「小さな女の子が、夜になるとウサギの夢を見る。宇宙人みたいなウサギに、下腹部をつねられる夢だ」

そして単刀直入に訊く。

「いったい何だと思う？」

「なぞなぞか？」

姫川は黙って首を横に振った。竹内は訝《いぶか》しげに眉を寄せたが、やがて、姫川がわざわざ自分にそれを訊いてきた理由に気づいたらしく、神妙な顔で考えはじめた。

「夢……ウサギ……下腹部……か」

姉の見ていた夢。宇宙人のようなウサギ。床に広げた画用紙に、色鉛筆で描いて見せてくれた、あの奇妙なウサギ。

「その女の子、亮の知り合いなのか？」

「いや——そういうわけじゃない。昔、ちょっと人から聞いた話だ」

姫川が誤魔化すと、竹内は何故だか少しほっとしたような顔をした。そして言う。

「あんまり無責任なことは言えないけど、一つ考えられるのは『合理化』っていう心理機制かな」

「『合理化』——」

「その女の子は『夢を見た』と言っていたけど、じつはそれは夢じゃなかった。彼女は夜のあいだ、現実に下腹部に何かをされていた。でもそれを自分で認めたくないから、彼女の心が『これは夢なんだ』と思い込もうとした。——谷尾。ほら、お前にもあっただろ、つい一週間前に」

「あ？　ああ……例のバスドラムのことか？」

「そう。ドアの内側にバスドラムがつっかえてたとき、お前は倉庫のドアをあけることができなかった。自分は渾身《こんしん》の力で押してるつもりだったけど、じつは無意識に力を加減していた。ドアの内側にあるのが、もし何か高級な機材だったらまずいと思って。でもそんなビビリ屋の自分を認めたくないもんだから、お前は『どうしても重くて動かない』と思い込もうとした。実際、俺が押してみたら、それほどの苦労もなくドアはあいただろ」

「この前聞いたよ」

谷尾は憮然とする。竹内は姫川に顔を戻した。

「そんなところだと思うぞ。つまり、それは夢じゃなく、現実だった」

「ウサギのほうはどうだ？　その女の子は、ウサギなんて飼っていなかったんだ」

「考えられるのは――まあ、『置き換え』かな……」

竹内はしばし宙を見上げてから、一つの例を挙げた。

「アメリカで、ギターの神様が少女を凌辱した事件がある」

それは十数年前の、こんな事件だったらしい。

ある白人の少女が何者かに強姦された。カウンセリングを行った精神科医に、少女は犯人の容貌を打ち明けた。緑色に光ったアフロヘアの黒人――彼女は、そう説明したのだという。少女の証言をもとに、警察は彼女の周辺にいた人間の中から該当者を捜し出そうとした。しかし、どうしても犯人を見つけることはできなかった。

「そうしているうちに、まったく別の方面から犯人が見つかったんだ。やった本人が、酒場で知り合いにぽろっと洩らしたらしい」

犯人は、彼女の実の父親だったという。

「じゃあ、緑色に光ったアフロヘアの黒人ってのは――」

「ジミヘンだよ」

竹内は説明した。

「彼女が暴行を受けた部屋に、ジミヘンのポスターが貼ってあったんだ。バックから緑色のライトに照らされて、ギターを弾いてるポスターが。――彼女は父親に頭を押さえつけられながら、じっとそのポスターを見ていた。父親がこんなことをするはずがない、自分にこんなひどいことをするはずがない――彼女の心はそう考えた。そして彼女の暴行の記憶からは父親の存在が消えて、かわりにジミヘンの姿が残った。記憶が置き換えられたんだ」

「置き換えられた……」

頭の奥に、あの日聞いた姉の声が響く。

――ウサギ――

――なんかね、宇宙人みたいな――

姉が描いたウサギの絵。

縦の楕円の輪郭の上に、耳が二本伸びていた。帽子でも被っているように、額から上は茶色く塗りつぶされていた。そして、大きな両目の下には、くっきりと隈が描かれていた。

どうりで、姫川が知っていたはずだ。見たことがあると感じたはずだ。

あれはウサギなどではなかった。

哀しい姉の心が、置き換えたのだ。

「でも亮、何でまたそんな話――」

「じゃ、そろそろお願いしますね」

ライブハウスのスタッフが、楽屋のドアに顔を差し入れた。

(2)

ステージへ出る直前、桂が姫川を振り返った。彼女は数秒、姫川の目を見つめてから、不意に近づいてきて、姫川の首を抱き寄せた。谷尾も竹内も見ている前で、桂はそのましばらくじっと動かずにいた。姫川も、黙って桂の首筋に顔を押しつけていた。

姉に似たこの甘い香りも、もう嗅ぐことはできなくなる。

桂が、姫川の唇にそっと自分の唇を押しつけた。

「——大入りだ。気合い入れていこうぜ」

何事もなかったかのように谷尾が言った。

ステージがライトアップされ、客席がどっと沸く。腰に下げたスティック・ケースからドラムスティックを抜き出しながら、桂がドラムセットへと進む。竹内がステージの中央で、マイクスタンドに片手を乗せる。谷尾がベースをスタンドから取り上げ、ストラップを肩に回す。——姫川はギターを手に、ゆっくりと客席を見渡した。

向かって左端に、野際の姿がある。そのすぐそばに隈島と西川もいる。後ろのほうに立っている背の高い女性は、神奈川で精神科医をやっている竹内の姉だ。そこから少し右に離れた場所に、肌の浅黒い初老の男性の姿が見える。昔、一度だけ会ったことがある、谷尾の父親だった。

自分たちはみんな、誰かのコピーなのかもしれない。

これから演奏する曲といっしょで、誰もが、ほかの誰かの真似をしながら生きているのかもしれない。

真似は個性を身につけるための手段。いつか野際が言ったその言葉を、姫川は少し理解できた気がした。

視線を転じると、客席の右端に痩せた人影があった。それを見た瞬間、姫川の胸に強い感情が押し寄せた。哀しさと嬉しさが、入り交じって心に迫った。母だった。両手で、胸に何かの包みを抱え、母は客席の片隅から静かに姫川を見ていた。いつものあの無感情な眼差しではなかった。上手く読み取ることはできないが、母の両目には確かに、何かしらの強い思いが込められていた。母が胸の包みを解く。中から出てきたのは、姉の絵だった。可愛らしく微笑むサンタクロースだった。母があの絵を描いてから、今日でちょうど二十三年になる。

姫川はギターのストラップを肩にかけた。天井のライトが消える。暗い中、桂が8ビートのリフを叩きはじめる。寸分も狂わないリズムで、彼女はまるで、今を刻んでいるようだった。姫川はピックを強く持ち直し、叩きつけるように弦を鳴らした。谷尾のベースが入り込み、竹内がひと声叫ぶと同時にステージはふたたびライトアップされ、客席の空気が一気にうねり出す。最後のライブがはじまった。**Sundowner** は今日で終わる。このささやかな

「日没後の一杯」のあとには、いったいどんな月が昇るのだろう。昔、あのハンプティ・ダンプティを照らしてくれたような、奇麗な月は出るのだろうか。

いや、そうはならない。

――桂って、月のことらしいんですよ――

桂は、遠くへ行ってしまう。姫川や谷尾や竹内の、近づけない場所へ行ってしまう。きっともう長くはないのだろう。はじめから、わかっていたのだ。承知の上でやったことだった。警察の力は甘くない。姫川一人の努力では、いつまでも桂の犯罪を隠しておけるはずがない。

**Walk this way**
**Walk this way**

桂は、ひかりを殺した。

二十三年前の今日、母が姉を殺したように。

**Walk this way**
**Walk this way**

そして姫川は、桂の犯罪を隠蔽した。

二十三年前の今日、父がそうしたように。

血はつながっていないかもしれない。しかし姫川は、たしかに父とのあいだに強い絆《きずな》めいたものを感じていた。やはり自分と父は親子なのだ。血縁など関係ない。自分は父の息子なのだ。二人はまったく同じことをしたのだから。

姫川は、自分が何か大きなうねりに包まれるのを感じた。それは記憶の渦だった。呑まれるように、姫川の身体は現実を離れて過去へと引き込まれていった。

死の宣告をされた父が、病院の反対を押し切って選んだ在宅療養という手段。

父は知っていたのだろう。母が姉に対してやっていたことを。母が静かに狂っていたことを。夜中に子供部屋へ入り込み、二段ベッドの下の段で寝ている姉に、哀しい虐待を加えていたことを。だから父は、いつまでも病院にいることができなかった。だから父は、死にかけた身体を自宅に置くことを選んだのだ。しかし、母は姉への虐待をやめなかった。夜、父の目を盗んでは、姉の身体の、外からは見えない部分——そして全身で最も敏感な部分を、母は攻撃しつづけた。

姉の遺体の解剖結果を隈島から聞いたときの驚きを、姫川は忘れることができない。姉の下腹部にはたくさんの小さな傷があったのだという。だがその原因はけっきょくわからなかったと隈島は言っていた。おそらく当時、隈島は父や母に傷の件を問い質したことだろう。しかし、父は姉の死の翌日から意識の混濁が激しくなり、込み入った質問に答えられる状態ではなくなってしまった。母はもちろん、何を問われても否定したに違いない。――そして、傷の原因は不明のまま、時間だけが経過した。

母の狂気は、おそらく父の病気が原因だったのだろう。看病に疲れ、将来を悲観し、母はその苦しみを、血のつながっていない娘にぶつけたのだ。

虐待を受けているあいだ、姉は母の顔を見ないようにしていた。顔を背《そむ》け、視線を自分の上のほうへそらし、じっと壁を見つめていた。そしてそこには、姫川の描いたあのハンプティ・ダンプティの絵が貼られていた。月明かりに照らされたそれを、姉はベッドの下の段から、逆さまに見ていた。姫川が上からぼんやりと見下ろしていたのと同じ絵を、姉は苦痛に耐えながら、下から見上げていたのだ。絵は反転した。姉の目の中で、ハンプティ・ダンプティの両足は耳になり、長ズボンは帽子になり、目の上の眉は不気味な隈になった。姉の心はそれを記憶した。自分にひどいことをしているのは母親ではない。あの顔だ。あの奇妙なウサギがやっているのだ。そしてこれは現実なんかじゃない。夢なんだ。――姉の心はそう思い込もうとした。

それが、ウサギの正体だった。

あの絵は、いつか竹内が話してくれたラットマンだったのだ。姫川にとってはハンプティ・ダンプティだった。姉にとっては奇妙なウサギだった。

自分の布団のすぐ下で、そんな恐ろしいことが行われていることなど知らず、何も気づかず、小学校一年生の姫川は眠っていた。両親の言い合いを聞くのが嫌で、両耳に指を入れて眠るのが癖になっていたから。物音も気配も、自分で遮断していたから。

姉がウサギの絵を描いて見せてくれたとき、姫川は姉の隣にくっつくようにして、絵の完成を待った。それまでは、せっかく姉と向かい合っていたというのに。もしあのとき姫川が場所を動かず、姉と向かい合わせになったままあの絵を見ていたら、すぐにそれが自分のハンプティ・ダンプティだと気づいていたことだろう。

白く冷たい靄が充満したような、あの家の中で、父の選んだ在宅療養という手段も虚しく、母の心は狂いつづけた。そしてあのクリスマスの日、とうとう母は姉を子供部屋の窓から突き落とした。

そのとき姉は、即死ではなかったのだろう。発見が早ければ助かっていたかもしれないと、隈島も言っていた。母は庭に下り、倒れた姉の状態を確認して、このまま放置すれば死んでくれると考えたのに違いない。だから買い物に出た。だから母は姉へのクリスマスプレゼントを買いに行った。姉の絵を入れる額縁を。庭で死にかけている姉と、和室で壁を見つめている父を残して。

母が三時ちょうどに戻ってきたのは、その時間にやってくる看護師の卑沢に、自分が確かに買い物に出ていたということを見せつけるためだったに違いない。そして、その目論見は成功した。しかもあの日は卑沢だけでなく、姫川もいっしょだった。

　しかし母には誤算があった。布団から出ることなど滅多になくなっていたはずの父が、たまたま庭に出てしまったのだ。

　父は庭で姉の遺体を見つけた。その直後、母と卑沢と姫川が玄関先に姿を見せた。混乱の中、父は三人の姿に目をやった。そのとき、母が自分のコートを脱いで父の肩に着せかけた。——そして父は見てしまったのだ。コートを脱いだ母の、白いトレーナーの袖口に付着していた血痕を。その血痕は姫川もこの目で見ていた。こすりつけたように、少し掠れた血の跡。しかし小学校一年生の姫川には、その血痕の持つ意味などわからなかった。長いこと、わからなかった。

　あの血痕は、母が出かける前、庭で姉の状態を確認したときについたものだったのだ。

　それを見た瞬間、父は母の犯罪を知った。母が姉を突き落とし、そのまま放置して殺したのだということを知った。そして父は、瞬時に自分のとるべき手段を講じた。死期の近い自分が、いま何をすべきか。自分が死んでしまったら、姫川と母だけが残される。姫川には母しかいなくなる。娘を殺した母しかいなくなる。

　父の出した答えは——母の罪を隠蔽することだった。

　そのとき父にできることは一つしかなかった。それは、誰かが気づく前に、母の袖に残された証拠を消すこと。つまり、母の袖に新しい血を付着させることだった。母を姉の遺体に近づかせ、その腕に抱かせることだった。だから父はあのとき、卑沢や姫川が庭へ行こうとするのを止めたのだ。卑沢が母よりも先に姉に近づいてしまったら、看護師である彼は、おそらく母に、姉の身体に触れないよう言うだろう。そうしているうちに、卑沢が母の袖口の血痕に気づいてしまう可能性がある。遺体に触れてもいないのに何故血痕がついているのだ――卑沢はそう考えてしまう。それをあとで警察に証言されれば、母の罪は容易に露見する。父はどうしても、母を最初に姉の遺体に触れさせなければならなかったのだ。

そして、母が庭へ向かった。母は、父や卑沢や姫川が見ている前で、娘の変わり果てた姿を見つけた普通の母親の演技をした。姉の身体をその腕にかき抱き、声を上げた。そのとき母のトレーナーの袖口から、姉を殺した証拠が消えた。血痕の上に、新しい血が付着したのだ。

おそらく母は、いまだに父のやったことを知らずにいるのだろう。父があああいった手段をとらなければ、自分の罪が露見していたかもしれないとは、思ってもいないことだろう。

それが、二十三年前の事件の真相だった。

母が隠し、姫川が胸に押し込めてきた真相だった。

姫川が母の犯罪に気づいたのは、小学校の卒業式を間近に控えた授業中のことだった。自分が母の袖口に見た血痕。その意味が、不意にわかったのだ。――つい最近まで、姫川はその考えを心のどこかで否定しつづけてきた。母が実の子供を手にかけたなどとは信じたくなかった。しかし三日前、姫川はあの戸籍謄本を見てしまった。そして、姫川の胸から否定の枷《かせ》は外れたのだった。

姉の死後、しきりに姉の真似をするようになった姫川を、母はどんな思いで見ていたことだろう。あれは母にとってみれば、拷問以外の何ものでもなかった。そしてその拷問を、知らず執行していたのは、実の子である姫川だった。

母が姫川にああいった態度をとるようになったのは、きっと、母なりの贖罪《しょくざい》だったのだろう。実の息子である姫川と、心を通わせるのをやめることで、母は二十三年間ひたすら自分を罰してきたのだ。あれは、どこまでも身勝手な、母の贖罪だった。

**Walk this way**
**Walk this way**

今回の出来事は、まるであの事件のコピーだ。
姫川たちの演奏のように、下手くそなコピーだ。
姉を殺したのは、桂だった。
そして、父の役割を演じたのは姫川だった。

# Walk this way Walk this way

殺意と殺人のあいだには、遠い遠い隔たりがある。殺意の毒液は、いくつもの偶然を伝って初めて人を殺す。妊娠の件で、姫川は確かにひかりに対して殺意めいたものを抱いていた。殺してやりたいと思った。倉庫にあるアンプなり何なりを使って、ひと思いに彼女の命を奪ってやりたいと。しかし、あの日、姫川が殺人者になることはなかった。かわりに殺人者となったのは、ひかりの実の妹である桂だった。

あの日の練習開始前、桂はツインペダルの調整に使っていたドライバーを事務室に返してくると言い、スタジオの奥に向かった。それが、桂がひかりを殺害したタイミングだったのだ。時刻は四時前——姫川は谷尾や竹内とともに先にブースに入り、桂を待っていた。やがて戻ってきた彼女に目をやり、姫川は慄然とした。あのときの驚きを、姫川はきっと生涯忘れない。桂のダウンジャケットには血がついていた。袖口の内側に、赤い血痕が付着していた。ちょうど、あのときの母のように。

ほどなくして練習がはじまった。桂のドラムに微妙なペースの乱れがあることを姫川は感じた。——姫川は不安に耐えきれなかった。自分の疑いを消し去りたかった。だから姫川は、トイレに行くと嘘をつき、廊下を懸命に走り、倉庫へと忍び込んだのだ。そしてそこで、自分の疑いが現実であったことを知った。

床に顔をつけ、頭をあの巨大なアンプの下敷きにされ、ひかりは死んでいた。そのとき姫川の脳裏に、二十三年前の出来事がフラッシュバックのように映し出され、その映像に、ついさっき倉庫の中で行われたであろう一部始終が重なった。

二階の子供部屋へと階段を上る母——倉庫へと近づく桂。

軒庇を飾りつけている姉——アンプを移動させているひかり。

残り短くなりつつある自分の人生に気づきもせず、二人の姉はそれぞれの作業を進めている。声をかけられ、彼女たちは振り返る。

手伝ってあげる——手伝ってあげる。

両手が伸びる——両手が伸びる。

そして同時に響く、二つの音。絶命の音。取り返しのつかない音。

階段を下りていく母——壇上から下りる桂。

母は姉の様子を確認する——桂は姉の様子を確認する。

二人の殺人者は、殺した相手の血を袖口につけてしまったことに気づかず、無表情に虚空を見据える。

桂がひかりを殺した動機は、そのときの姫川にはわからなかった。長年にわたる姉妹の不仲など知らなかったし、そもそもそんなことを考えている余裕はなかった。ただ姫川は、桂のやったことを隠さなければならないと思った。そのとき姫川の耳に響いていたのは、聞こえるはずのない父の声だった。同じことをやれ。同じことを。自分と同じことをやれ。父は姫川にそう囁きつづけた。

ひかりの死を事故に見せかけなければならない。そして、ほかの誰かがこの遺体を見つける前に、桂のダウンジャケットの袖口に新たな血を付着させなければならない。誰かが桂の袖口の血痕に気づく前に。——瞬時に姫川は手段を講じた。その場で姫川がとった行動は、ひかりのジーンズのポケットから鍵を抜き取り、屋外へと通じるシャッターの鍵を内側からあけることだけだった。それだけをやり、姫川はふたたびブースへと駆け戻ったのだ。そして練習を再開した。

二時間の練習後、谷尾が倉庫のひかりを呼びに行こうとしたので、姫川は慌てて止めた。谷尾は、二十三年前の卑沢と同じだった。看護師である卑沢と同様、素人刑事を気取っている谷尾は、先に遺体を見つけてしまったら、きっと周囲の人間に「触るな」と言うだろう。事実、ひかりの遺体を見たとき彼はそう言っていた。だから姫川は谷尾を止めたのだ。彼に遺体を発見させるわけには絶対にいかなかった。桂の袖口に新しい血を付着させることができなくなってしまうから。

姫川にできることは二つだった。一つは、谷尾がひかりの遺体を見てしまう前に、桂に遺体に触れさせること。そしてもう一つは、ひかりの死が事故であると判断される可能性を高めるため、倉庫を「誰も入れなかった場所」にすること。

姫川は谷尾と竹内に、野際を捜しに行こうと提案した。そして三人でスタジオを出た。そのとき桂に、

――ライブ前に風邪引くとまずいから、上着はちゃんと着とけよ――

そう言ったのは、桂がひかりの遺体に触れたとき、あのダウンジャケットを着ていなかったら元も子もないからだ。桂がTシャツ姿でひかりの遺体に触れてしまい、あとで誰かが桂のダウンジャケットを見て、どうしてダウンジャケットに血がついていないのだと考えてしまったらお終いなのだ。

スタジオを出ると、姫川は素早く建物を回り込んだ。鍵をあけておいたシャッターから倉庫の中に入り、すぐにシャッターを内側から施錠して、鍵をひかりのジーンズのポケットに戻した。そして、ひかりの死を事故に見せかけるため、まず二つの単純な工作をした。一つは、誰もその場所に入れなかったことを示すため、ドアを内側からバスドラムでしっかりと塞ぐこと。もう一つは、アンプが倒れた理由をつくるため、壇の縁とスロープとのあいだに僅かな隙間をつくること。二つの作業は容易だった。

そのあとブレイカーを落として倉庫を暗闇にしたのは、自分の姿を隠すためだった。誰かが倉庫にやってくるまで、姫川はその場に隠れつづける必要があったのだ。姫川は上着の袖

を両手に被せ、指紋が残らないようにして、電灯を消した薄闇の中で、大型タップとアンプを使って倉庫のブレイカーを落とした。そして息を殺し、じっとその場に潜んでいた。

やがて、桂と谷尾と竹内がドアを押しあけて暗い倉庫に入ってきた。そして、目論見どおり竹内がコードにつまずき、入口の脇のコンセントが抜けた。姫川は、自分もあとから入ってきたふりをして背後から三人に声をかけた。そして、ブレイカーを探そうと谷尾に提案し、彼を倉庫の外に出した。

谷尾が事務室のブレイカーを上げると、倉庫の電灯が点いた。倉庫には桂と竹内がいた。桂は竹内の目の前で、姉の身体に駆け寄った。そして、そのとき桂の袖口からは、姉を殺害した証拠が消えた。桂の袖口に、新しい血が付着したのだ。

それから先は、谷尾や竹内の見たとおりだった。

バスドラムで塞がれたドアや、倉庫の中の様子を見たとき、桂はさぞ驚いたことだろう。きっと彼女はそのときから、すでに気がついていたのに違いない。誰がそれをやったのか。誰のためにやったのか。

――あたし、知ってるんです――

アパートの玄関で、姫川の頭を抱き寄せた桂の声は震えていた。

――ぜんぶ、知ってるんです――

――姫川さんが、やったんですよね？――

——あたしのためだったんですか?——

**Walk this way**
**Walk this way**

気がつけば、客席の天井に不思議な光が浮かんでいた。白い、ぼんやりとした光。あれは何だろう。背後に目をやり、姫川は光の正体を知った。桂の胸に下げられた月長石に、ステージのライトが反射しているのだ。桂の月長石は、姉が窓辺に飾った、あの豆電球みたいだった。二十三年経って、姉の豆電球がようやく光っているようだった。

いま、姫川は自分が大きな虚しさに包まれているのを感じていた。

自分は本当に、父と同じことをしたのだろうか。

その答えに、いつからか姫川は気づきはじめていた。

父は自分の命が短いことを知っていた。だからこそ、残される姫川を守ろうとしてくれた。「娘を殺した母親」の存在を隠蔽し、姉の死を事故に見せかけてくれた。あれほど哀しい決断がこの世にあるだろうか。

自分はどうだ。自分はいったい何を守ろうとしたというのだ。桂か。いや違う。姫川は桂を守ろうとしたのではない。姫川が守ろうとしたのは、桂との関係だった。姫川はただ、自分自身を守ろうとしただけだった。ブースを抜け出し、倉庫で最初にひかりの遺体を見たとき、哀悼も喪失感も抑えつけ、姫川の心にまず昂然と頭をもたげたのは、そんな身勝手な決断だったのだ。

——俺は、正しいことをした——

父と同じ言葉を口にすることは、姫川には到底できない。

ギターを鳴らしながら、姫川はジーンズの後ろポケットに、熱いようなカッターナイフの存在を感じていた。これは父の脳に巣くった癌細胞だ。二十三年前、あの癌細胞が父の命を奪ったように、今日このカッターナイフの刃が、姫川の人生を終わらせてくれる。

——一生懸命に真似をすれば、その人の本当にやりたかったことがわかる——

試してみよう。いつか父が言った言葉を。このカッターナイフを使って。

少しでも、父に近づくために。

＊　＊　＊

**Sundowner** の演奏は素晴らしかった。隈島は音楽のことはよくわからないが、これまで見た彼らのライブの中で一番熱が入っていたように思えたし、何よりメンバーたちの一体感が、聴いている者の胸に真っ直ぐに伝わってきた。緊張のためか、一曲目のウォークなんとかという曲だけは、姫川のギターが隈島にもわかるようなミスをいくつか聞かせたが、二曲目以降の演奏は本当に忘れがたいものだった。

「けっこう、やるもんですね」

アンコールも終わり、ステージのライトが消えたとき、隣で西川が呟いた。いつもの尖った目つきが、いまは何だか日曜の朝の子供のようだ。

「あいつらには……別のスタジオを紹介してやらないといけません」

野際が目をしょぼつかせ、**Sundowner** のメンバーを順繰りに見やる。隈島もそれに倣《なら》った。

竹内は客席の端で、背の高い女性と並んで、旧友らしい同世代の男女と笑い合っている。谷尾は年配の男性と気むずかしい顔でなにやら話し込んでいた。その男性を、隈島はどこかで見たことがある気がしたが、すぐには思い出せなかった。姫川は——どこだろう。姫川の姿が見あたらない。人混みの中に紛れ込んでいるのだろうか。桂は、まだステージの上で、ドラムセットの椅子に座ったままでいた。二本のスティックを一つにまとめて両手で握り締め、それをじっと見つめている。

「……西川くん」

隈島は西川に顔を向けた。目線で、ステージ上の桂を示す。西川は小さくうなずいて、隈島のそばを離れていった。ひしめき合う客の中を、真っ直ぐに桂を見据えて進んでいく。その後ろ姿を見送りながら、隈島は胸が重たくなった。

隈島が今回の出来事の真相に気づいたのは、四日前、ひかりの告別式が行われた日のことだ。ひかりの死は、やはり事故などではなかった。彼女は殺されたのだ。しかも今回の事件には、ひかりを殺した人物のほかに、もう一人の犯人がいた。ひかりの死を、事故に見せかけようとした人物だ。では、いったい誰がひかりを殺したのか。そして、誰がその犯罪を隠そうとし、倉庫の内部をあのような状況に仕立てたのか。――事件が起きた日の、それぞれの行動をさらっていくうちに、隈島はその答えにようやく気がついたのだった。

今回のライブは、本来ならば中止させるべきだったのだろう。しかしどうしても、隈島にはそれができなかった。だから隈島は、今日のライブ直前になるまで、自分の気づいた真相を西川にさえ黙っていたのだ。西川は隈島の話を聞くなり、すぐにでも二人を拘束すべきだと主張したが、隈島は、せめて演奏を終えるまで待ってやろうと説得した。二人とも自分たちのすぐ目の前にいるのだから、逃げ隠れの心配はないだろうと。西川はしぶしぶ了解し、アンコールの曲が終わるまで、黙って演奏を聴いていてくれた。

定年も近いというのに、いまだに仕事に私情を持ち込んでしまう自分に、隈島は溜息の出る思いだった。息子には、こんなことはとても話せない。

「おっと、すんません――あ、何だ」

隈島の背中にぶつかってきたのは、さっきまで客と喋っていた竹内だった。栓のあいたバドワイザーの瓶を、両手に六本も持っている。

「隈島さん、見に来てくれてありがとうございました。演奏、どうでした？」

「よかったよ。本当によかった」

隈島の感想に、竹内は汗ばんだ顔をほころばせた。

「ところで——亮くんは、どこに行ったのかな？　姿が見えないようだけど」

「亮ですか？　楽屋にいますよ。何だかよくわからないんですけど、少し一人になりたいんだそうです。しばらく入ってこないでくれなんて言われちゃいました」

周囲のざわめきが、一瞬にして消えた。

「あいつ、たまに急に暗くなるんですよね。せっかくライブ終わったんだから、みんなといっしょに——っと、隈島さん？」

竹内の脇を素早く過ぎ、隈島は人混みを押し退けながら楽屋へと急いだ。

# 終章

違う　違う　違う　違う　違う
オレは戻りたくなんてないんだ
オレをこのまま行かせてくれよ
ちくしょう　水が
ちくしょう　水が

——Sundowner "Across The River"

## （1）

はじめに、白い天井が見えた。

つぎに、知らない女性の顔が視界に入り込んだ。

「身体、まだ起こさないでくださいね」

そう言うと、彼女はベッドの脇に移動して、背の高いスタンドに取り付けられた人工樹脂製のパックに目をやった。手にした書類に、何か書き込んでいる。

「腕も動かしちゃ駄目ですよ。点滴の針が入ってますからね」

病室だった。

点滴のパックを見上げ、姫川は何度か瞬きをする。そうしているうちに、霧のかかっていた意識が、しだいに明瞭になってきた。

そして姫川は、自分が失敗したことを知った。

カッターナイフで切り裂いた左の手首は、丁寧に縫合されているのだろう。あれだけ流れ出た血も、輸血によってすっかり補充されているのに違いない。

何をやっても、こうなのだ。どうしても上手くいかない。子供の頃、何度描いても絵が上手くならなかったように。

「馬鹿なことをしたもんだね」

足のほうから声がした。声の主はベッドを回り込み、姫川の肩口に立つ。隈島だった。

カーテンの隙間から覗く窓は暗い。いまは夜のようだ。

「話をしても――？」

隈島が看護師に確認すると、彼女は軽くうなずいた。

「いま先生を呼んできますんで、それまででしたら」

彼女はベッドを離れ、病室を出ていった。

「身体が回復したら、きみには――」

そばにあった折り畳み椅子をのろのろとひらき、隈島はそれに腰を下ろす。

「きみには、署で取り調べを受けてもらわなければならない」

姫川は枕に頭を乗せたままうなずいた。

「もう……ぜんぶわかっちゃってるんですか？」

「わかってるつもりだ。殺人が、いつ、どうやって起きたのか。きみが何をしたのか」

「ひかりを殺したときの状況は、本人から？」

隈島は耳たぶを引っ張りながらうなずいた。

「さっき、署で聞いた。隠さず、すべて話してくれたよ。きみに、謝っておいて欲しいと言っていた。本当に申し訳なかったと。それから――」

隈島は哀しげに息を吐いて顔を伏せる。

「ありがとう、と言っていたよ」

その言葉は姫川の胸に痛切に迫った。

「バンドのメンバーにも申し訳ないことをしたと、ずっと泣き伏していた。竹内くんや谷尾くん、そして誰より――」

隈島はふたたび息を吐いてつづけた。

「被害者の妹さんである、桂さんにね」

隈島の言葉の意味が、姫川にはよくわからなかった。

「たった一人のお姉さんを殺してしまったことで、桂さんを一人ぼっちにしてしまったわけだから」

頭の中に空白が降りた。

隈島の真剣な顔を見つめたまま、姫川は何も言えず、ただぼんやりと口をあけていた。

隈島が心配そうに顔を近づけてくる。

「亮くん……もしかしてまだ、頭がぼおっとするんじゃないのかい？　さっき医者が痛み止めか何か、注射を打っていたから、それのせいで」

「いえ……あの……大丈夫です」

あまりの混乱に、それだけ答えるのが精一杯だった。

いま、隈島は何を言ったのだ？

誰が、桂に謝っていたと言った？

誰が桂を一人ぼっちにしたと？

「もちろん、まだはっきりしたことは言えないんだがね、今回きみがやったことは、十分に情状酌量の余地があると思うよ。私は、そう信じている」

隈島は深々と顎を引いた。そして姫川に訊く。

「長年お世話になってきた、野際さんを思ってのことだったんだろう？　きみがあんなことをしたのは、野際さんを助けたかったからなんだろう？」

「……野際さん？」

言葉を失ったまま、姫川はただ隈島の顔を見返していた。そんな姫川の様子を見て、隈島がふと眉根を寄せる。難しい顔をして、しばらくじっと姫川の目を見つめていたかと思うと、

「亮くん、もしかして——」

低い声で質問をしてきた。

「何か、思い違いをしていたんじゃないだろうね」

長い時間をかけ、ゆっくりと自分の頭の中を整理してから、姫川は声を返した。

「……そうみたいです」

（2）

姫川は隈島に、すべてを正直に話した。隈島は興味深げに、熱心に耳を傾けてくれた。そして、あらためて事件の真相を説明してくれたのだった。

ひかりの胎内に宿っていたのは、野際の子供だった。

「二人が関係したのは、たった一度だけだったそうだ。三ヶ月前、ひかりさんがお父さんに会いに行った日の夜のことらしい」

再会した父親の姿に虚しさをおぼえ、ひかりは自暴自棄になった。野際もまた、スタジオ

の経営難から捨て鉢になっていた。だからその夜、二人のあいだに間違いが起きてしまったのだろうと隈島は言った。

「心を傷《いた》めたひかりさんが、野際さんの中に父親像を求めたということもあったのかもしれないね。父親に似た誰かに慰撫されたい――心の中から消えてしまった父親を取り戻したい。そんな気持ちが、ひかりさんの胸にはあったんじゃないかと思う」

警察が、はじめに野際に疑惑の目を向けたのは、胎児のＤＮＡ鑑定結果が出たときのことだったという。

「西川くんが、きみたちの上着の襟から髪の毛を採っていただろう。ほら、ガムテープを使って。――きみたちがスタジオを出たあと、彼は野際さんの髪の毛も念のために採取していたんだ。私たちはすべての髪の毛のＤＮＡを胎児のものと比較してみた。科捜研が出してきた鑑定結果を見て、私たちは驚いたよ。そして、すぐにスタジオに出向いて野際さんを問い詰めた。しかしそのとき彼は、ひかりさんの死への関与は否定した」

それは三日前、姫川がライブのチケットを渡しにストラト・ガイへ行ったときのことだったらしい。あのとき野際のもとに隈島と西川が来ていたのは、そういうわけだったのだ。

「きみが勘違いをして、倉庫にあんな工作をしてくれたものだから……野際さんは自分の犯罪を隠しきれると思ってしまったんだね。何も知らないスタジオ経営者のふりを、それまで上手にこなしてきて、自分の演技にちょっとした自信もあったのかもしれない。本人が言っていたけど、一度、谷尾くんが事故の状況の不自然さに言及したときでさえ、彼はむきになって否定したりしなかったらしいね。それを聞いて、なかなかの俳優だと思ったよ、私も」

たしかに谷尾が倉庫の状態を訝ったとき、野際はそれに敢えて反論していなかった。

「今日聞いたところだと、野際さんは、あの工作をしたのが誰なのか、はっきりとはわかっていなかったらしい。ただ、**Sundowner** の誰かが、自分の犯罪に気がついて、それを隠蔽してくれようとしているのだと考えていたんだ」

隈島は一瞬言葉を切ってからつづけた。

「まあ、半分正解といったところだね」

淡々とした隈島の説明を、姫川はベッドに身体を横たえたまま、一語一語を噛み砕くように聞いていた。そして、まず最初にすべき質問を口にした。

「どうして野際さんは、ひかりを——？」

隈島が最も哀しそうな表情を見せたのは、そのときだったかもしれない。

「世代の差なのか、男女の違いなのか……野際さんの感情が、一人歩きしていたんだ。彼はあの日、ひかりさんに、自分といっしょに死んでくれと言ったらしい」

「いっしょに死ぬ？」

「ああ、やっぱり亮くんも驚くか……すると、男女の違いではないんだな」

隈島は何度かうなずいてつづけた。

「私なんかは、なんとなく理解できる気がしたんだよ。野際さんが動機を話してくれたときにね。――彼は経済的に追い詰められていた。長年かけて築いてきた自分だけの城が、崩れて消えようとしていた。そんなときに、彼はひかりさんと身体を重ねた。その夜が、ひかりさんにとってどんな意味を持つものだったのか、それはもうわからない。単なる自暴自棄の行為だったのか、あるいは野際さんに父親像を求めることで、壊れそうな自分の心を支えようとしたのか。でも一つ言えるのは――野際さんの言葉をそのまま使わせてもらうと、その夜を境に、ひかりさんは野際さんにとって『新しい場所』になったということなんだ。自分が居ることのできる場所。自分が夢を見ることのできる場所。自分が死ぬことのできる場所。――そして彼は、当然相手も同じ気持ちでいるものと思い込んでいた」

隈島は虚しげに視線を下げた。

「身勝手なものだよね。まあ、その気持ちを理解できる私なんかにも、身勝手の素養はあるのかもしれないが。――私たちの世代はね、亮くん。みんながみんなそうだとは言わないけど、女性の身体を手に入れると、心まで手に入ったものと考えてしまうことが、わりと多いんだよ。きみたちの世代と比べて、そんな勘違いがずっと強いんじゃないかと思う」

たしかに姫川には、その考え方は理解できなかった。身体を重ねることと心を手に入れることのあいだには、まだ遠い遠い隔たりがある。

「だから野際さんはひかりに、いっしょに死んでくれと言ったんですか？　つまり――自分が経済的に追い詰められていて、これ以上生きていくのが辛いから、いっしょに死んでくれと？」

　言いながらも、それは相当に突飛な発想であるように姫川には思えた。

　しかし、隈島は顎を引いてうなずいた。

「まさか笑って断られるとは思ってもみなかった。彼女の答えを聞いた瞬間、自分は何もわからなくなった。——野際さんの言葉によると、そういうことだったらしい。殺害時の状況はね」

　それは、あの日の午後四時前、姫川たちがブースで練習をはじめる直前のことだったという。つまり、姫川が倉庫でひかりと話し、待合いスペースに戻ったあとのことだ。

「野際さんはひかりさんを手伝って、倉庫の整理をはじめた。そのとき、ひかりさんに言ったらしいんだ。自分といっしょに死んでくれないかとね。しかし彼女の反応は、彼が勝手に予想していたものとはずいぶんとかけ離れたものだった。もともと弱りきっていた彼の心は、そこで深い穴の底まで一気に突き落とされた。そしてその直後、彼は逆上したんだ。そして、ひかりさんを殺してしまった」

「どうやって殺したんですか？」

「ただ、自分のそばにあったあの大きなアンプを、壇の下でしゃがんで作業をしていたひかりさんに向かって夢中で押し倒しただけだったらしい。勢いよく、自分の体重をかけてね。

何の考えもない、衝動的で乱暴な殺し方だった。野際さんは軍手を嵌めていたから、たまたま指紋やなんかは残らなかったけど、べつに自分の犯行を隠すつもりはなかったみたいだね。――ひかりさんを殺した彼は、自分もどこかで死ぬつもりで、一人スタジオを出ていった。あの倉庫で自殺というのは、何の道具もないし、やっぱり難しいからね。外でやろうと思ったらしい」

「そうだったんですか……」

――野際さん、まだ戻ってきてないんだよな。ひょっとして変なことでも考えてるんじゃないかと思ってさ――

野際が出ていったあと、姫川は、谷尾や竹内を外に連れ出すために適当なことを言った。しかしじつは、あれは正鵠を射ていたのだ。

「野際さんがスタジオを出ていったのには、きみたちの最後の練習を予定通りやらせてあげたいという気持ちもあったようだ。ああ、そういえばスタジオを出るとき、彼はきみたちと話をしているんだよね？」

「ええ、憶えています」

――練習が終わったら、倉庫にひかりちゃんがいるから――

あのとき野際は、そんなことを言い残して出ていった。あれはきっと、練習が終わったあとで、姫川たちにひかりの遺体を見つけて欲しかったのだろう。

「でも、どうして野際さんはまたスタジオに戻ってきたんです？　死ぬつもりで出ていったのに」

「まあそれが、勝手なものでね。なかなか思い切れなかったらしい。——彼はあちこち歩き回って、高いマンションに上ってみたり、トラックがたくさん走っている道路の脇に立ってみたり、いろいろとやっていたようなんだ。でも、どうしても最後の一歩を踏み出すことができなかった。ポケットに、遺書まで用意していたのにね」

「遺書があったんですか？」

「自分がひかりさんを殺したという内容の、簡単な文面の遺書だったよ。まだ捨てていなかったから、私も見せてもらったんだ。二人の関係なんかは、何も書かれていなかった」

隈島は話を戻した。

「命を絶てないまま、野際さんはふらふらと歩きつづけた。そして気がつくと、自分のスタジオのすぐそばまで戻ってきていたらしい。そのときスタジオの前にはパトカーが停まっていた。きみたちが通報して、最初に駆けつけた制服警官が乗ってきたやつだね。野際さんは、状況が気になって、そっとパトカーに近づいてみた。運転席ではちょうど制服警官が無線に向かって声高に何か喋っていた。聞いてみると、制服警官の言葉の中に『事故』という単語が何度も出てくる。彼は、おや、と思った」

そのとき野際は、自分のポケットにある遺書のことを心配したらしい。もし何かの偶然で、ひかりの死が事故だと思われているのであれば、ひかりを殺したという内容の遺書を自分が残して死ぬのは、よくないのではないか。彼女の妹の桂にしても、彼女たちの両親にしても、ひかりの死が「事故」であるか「殺人」であるかで、ずいぶんと外聞が違ってくるのではないか。

「そこで彼は、もっと詳しい状況を知りたくなった。そして、恐る恐るスタジオの中を覗いてみたんだ。するときみたちが彼を見つけ、竹内くんや谷尾くんが、口々に状況を説明しはじめた。――そのとき野際さんは、ずいぶんと驚いたらしいよ。なにしろ話を聞いてみると、自分がひかりさんを殺した倉庫の様子が、どういうわけかすっかり変わってしまっていたんだから。ドアは内側から塞いであったし、電灯は消えていたし」

姫川は思わず目を伏せた。

「彼は混乱した。いったい誰がこんなことをしたんだろう。何故こんなことをしたんだろう。二つ目の疑問には、やがてぼんやりと答えが浮かんできた。つまり、きみたちの中の誰かが、自分の罪を隠そうとしてくれているんだ、という答えだ」

そのとき、野際の心に「魔が差した」のだという。彼は、とりあえず自分の犯行を黙っていようと考えてしまった。そして、命を絶つ決心をふたたび固めることもできず、自分のとるべき行動を決めることもできないまま演技をつづけ、一日二日と時間だけが経過した。

「要するに、僕が何もしなければ、事件はすぐに解決していたんですね……」

自分のやったことの虚しさに、姫川はいまさらながら深い溜息をついた。

しかし隈島は言う。

「いや、きみは野際さんの命を救ったんだよ。きみの、その――勘違いのお陰で、彼は自殺を考え直したんだから」

「ものは言いようですね」

いまはとても、隈島の言葉を素直に受け止めることなどできなかった。

「あの、隈島さん……桂とは、何か話をしましたか？　今回のことについて」

「ああ、話したよ」

隈島はしばし沈黙した。それから、姫川の予想していたとおりの言葉を返した。

「彼女は、きみがひかりさんを殺したと思い込んでいたらしい」

やはりそうだった。

――あたし、知ってるんです――

――ぜんぶ、知ってるんです――

――姫川さんが、やったんですよね？――

――あたしのためだったんですか？――

枕の上で首を回し、姫川はじっと天井を見つめた。

虚しすぎて、泣く気にもなれなかった。

それにしても、あの日、桂のダウンジャケットの袖口にはどうして血がついていたのだろう。

考えてみたが、すぐに面倒になってやめた。

(3)

翌日、姫川は飲み薬をいくつかもらって病院をあとにした。行き先は、もちろん自宅ではなかった。姫川の身は拘置所に置かれ、二日間にわたって警察署で隈島と西川による細かい取り調べを受けた。病室ですでに隈島にすべてを打ち明けてあったので、取り調べが難航するようなことはなく、二人の態度もそれほど厳しいものではなかった。ただし、起訴は免れず、三ヶ月後に行われる裁判の結果についてはある程度の覚悟をしておいたほうがいいと二人に告げられた。もちろん、罰は甘んじて受けるつもりだった。

裁判までのあいだ、姫川は保釈というかたちで帰宅を許されることとなった。

拘置所の外には隈島と西川が立っていた。

「音楽のほうは、つづけるのかい?」

唐突に西川が訊いてくる。姫川が答える前に、彼は生真面目な顔で言った。

「最後にアンコールでやってくれた曲が、俺は一番好きだな。**“See Them, And You'll**

Find"——だっけ。あれもオリジナル曲らしいね。きみたちには才能があると思うよ。本当にそう思う」

無言で頭を下げ、姫川がそのまま歩き去ろうとすると、西川は呼び止めた。

「いつかまた、ライブをやるんだろ?」

半分だけ顔を振り向かせ、姫川は正直に答えた。

「わかりません」

西川の目が、少し残念そうな色を見せる。やがて彼は何かを思い出したように、停めてあった車のほうへと向かうと、手に小さな紙包みを持って戻ってきた。紙包みには『豆のにしかわ』というロゴが印刷されている。そういえば西川の実家はコーヒー豆の専門店をやっていると、隈島から聞いたことがある。

「賄賂《わいろ》だ」

西川は際どいことを言った。そばでこちらを見ていた隈島が、口の中で何かもそもそ言いながら視線をそらすのがわかった。姫川は曖昧にうなずいて、紙包みを受け取った。

拘置所をあとにした姫川は、職員から返却されたばかりの携帯電話を取り出して電源を入れた。一度、強く目を閉じて、またゆっくりとひらく。そして桂のメモリーを呼び出した。

『……はい』

数回のコールのあと、疲れたような桂の声が応答した。

何から話せばいいのか、姫川にはわからなかった。わからなかったから、とにかく訊きたかったことを二つ質問した。一つは、あの日、桂の袖にどうして血がついていたのか——もっともこれは、いまとなってはどうでもいいことではあった。

桂はこう答えた。

『掌に、怪我をしたんです。ドライバーの先で——』

あの日、ストラト・ガイの待合いスペースでツインペダルの調整をしているとき、桂は過って掌を深く傷つけてしまったのだという。そして、彼女のダウンジャケットに血がついた。——そういえば、ひかりの告別式のあと、ベッドの上で桂が掌に月長石を乗せたとき、石の表面に反射した月の光が彼女の絆創膏を照らしていた。あれはそのときの傷に貼られた絆創膏だったのだ。

『でもその怪我を、姫川さんには気づかれたくなかったんです。姫川さんに、心配されたくなかったんです』

二人の関係がこれ以上近づくのが怖かったのだと、桂は言った。

だから桂は、その傷跡と血を、意地でも姫川に見せないようにしていた。姫川と話すときは腕を組み、姫川が借りていた月長石のネックレスを返すときには、テーブルの上に置いておいてくれなどとぶっきらぼうに言った。——あの日の練習中、桂のドラムに乱れがあったのを姫川は憶えている。それを姫川は、姉を殺すという恐ろしい行為の直後だったためと考えていた。しかし、何のことはない、あれも怪我のせいだったのだ。

「もう一つ、教えて欲しい」

いま自分に会いたいかと、姫川は訊いた。わからないと桂は答えた。そして小さな声で、姫川に謝った。

大丈夫、とだけ答え、姫川は静かに電話機のフラップを閉じた。

「どうにか彼がまだ学生のうちに、いなくなってくれなけりゃならなかったんだ。あれは、会社のためでもあった」 20

「それにしても専務、少々気になったのですが、さっきの社長は、どこか様子が変ではなかったですか？」 19

「私はべつに何とも思わなかったがな。あの男は昔から、どこかおかしいところがあるじゃないか」 18

「まあ、そうですね。何を考えているかわからないというか。ん、どうかされましたか？」 17

「ああ、いやべつに何でもない。何でもないんだが……あれ？　おい、これ」 16

「専務、どうしたんです？　なんだか顔色がずいぶんお悪いのでは？」 15

「しっ、ちょっと黙っててくれ……おかしいんだ。何かおかしい」 14

13

「おかしい？　ああ、そう言われれば、いつもと違うような」

12

「揺れすぎだと思わないか？　揺れすぎだし、それに」

11

「それに何だか、やけに風の音がしますよね」

10

「おい、速いんだ！　降下が速すぎる！」

9

「落ちてます、専務、落ちてます！」

8

「畜生あいつだ、あのじじい！」

7

「専務、早く停止レバー！」

6

「駄目だ、きかない！」

5

「死にたくない！」

４

「私だって！」

３

「僕もだよ」

２

「え…」

１

「あ…」

２

「何だこれ」

３

「戻ってます」

４

「これじゃまるで」

５

「人生そのものですね」

6

「下がって、また上がって」

7

「諦めるべきじゃないんですね」

8

「どんなときだって明日は来るんだよ」

9

「さすがは専務、よくわかってらっしゃる」

10

「長い人生なんだ、きみもせいぜい頑張りたまえ」

・

・

・

・

# エピローグ

目を閉じて　お前は暗闇だと言う
必要なものはすべて　すぐそこにあるのに
お前がやることは一つだけ
いますぐに
目をあけてみな
——Sundowner "See Them, And You'll Find"

「——で？」

ｉＰｏｄのイヤホンを左右の耳から抜き取り、姫川は顔を上げた。

「で……って？」

テーブル越しに身を乗り出し、じっと姫川の感想を待っていた竹内の顔からは、それまでのわくわくした表情が消えていた。

「何でこんなもの聴かせるんだ？」

姫川はｉＰｏｄをテーブルの上に滑らせて竹内に返す。

「だから、ちょっとでもお前の元気が出ればと思ってさ。わざわざつくり直してきたんだ。ゆうべ谷尾から電話が来て、今日、お前も来るって言うから」

「この作品で俺の元気が出るのか？」

「出なかったか？」

「あんまり」

「そうか」

竹内は残念そうに首を突き出し、コーヒーカップを持ち上げた。隣で谷尾がマイルドセブンを片手に苦笑している。

大宮駅にほど近い場所にある、深夜営業の喫茶店の片隅だった。暗い窓の外には、カップルや家族連れが大勢行き交っている。若い女性の中には晴れ着を着ている者もいた。

あと三十分ほどで、今年も終わる。

「やっぱり、亮にはそういうセンスがねえんだよ。せっかくちまちまつくってきても、意味が通じねえんだ」

「意味は通じた。嫌みだろ」

竹内が慌てて顔を上げた。

「嫌みじゃない。亮、俺そんなつもりじゃなかったんだ」

「冗談だよ」

しばしの沈黙があり、それから三人で少し笑った。

昨夜、谷尾から連絡があって、年が終わる前にもう一度みんなで顔を合わせないかと言ってきたのだった。さして意味はないが、なんとなく集まりたいのだと谷尾は言った。今回の出来事の中で姫川がやってしまったことを、谷尾も竹内も、どうやら隈島から聞いて知っているようだった。長い付き合いだ、二人の雰囲気を見ていればわかる。しかしどちらも、それを敢えて口に出そうとはしなかった。かわりに、竹内はおかしな作品を聴かせてくるし、谷尾のほうは、自分たちの関係がこれまでと変わらないのだということを主張したいのか、必要以上に無愛想でぶっきらぼうになっていた。谷尾の優しさは不器用すぎる。竹内の優しさは芸が細かすぎる。

「……ん」

ふと気づいたことがあり、姫川は顔を上げた。たったいまｉＰｏｄで聞かされた、竹内の作品。声質を変えて録音された台詞。声質を変えるあの機械。音声変換器。竹内自慢の機械。

あの夜の電話。

「なるほどな」

姫川は竹内を見やった。そういうことだったのか。

深夜にかかってきたあの奇妙な告発の電話は、きっと竹内からのものだったのだろう。音声変換器を使ってやったことだったのに違いない。

「おお、ようやくわかってくれたか？」

竹内は嬉々として姫川に笑いかけてくる。自分の悪戯《いたずら》がばれたことに気づいたのではなく、苦心してつくり直してきた作品の意図を姫川が理解したと思っているようだ。

「おかげさまで」

面倒なので、姫川はそれだけ答えておいた。

気になっていたことが、これでいよいよすべて消え去った。しかしそれでも、姫川の心がすっかり晴れたわけではなかった。

数日前、拘置所を出た姫川が向かったのは、母のアパートだった。

姫川の保釈金を払ったのは母だったらしい。保釈金の金額は姫川の年収から算出されるので、それほどの額ではなかったし、三ヶ月後に裁判がはじまればすぐに返還されるものではあるが、いまの母の暮らしの中から捻出するのは大変だっただろう。姫川は母と顔を合わせ、頭を下げて礼を言うつもりだった。しかし、いくらドアの呼び鈴を鳴らしても応答はなかった。姫川は諦め、アパートを離れた。来た道を戻りかけ、ふと振り返ったとき、母の部屋のカーテンが微かに揺れたのが見えた。たったいま、姫川の視線を避けた人間が、たしかにそこにいたのだ。カーテンの内側に。

母は、これからも姫川と心を通わせるつもりはないらしい。

どうしようもない苦しさが姫川の胸に迫った。何をどう工夫しても一本に縒《よ》り合わされることのない、見えない紐を思いながら、姫川は静かにその場を立ち去った。

「すいません、遅くなりました」

その声に振り返ると、マフラーとダッフルコートに着膨れた桂が、息を荒げて立っていた。勢いよく入り口を抜けてきたらしく、彼女の後ろで木製のスウィング・ドアが大きく揺れている。

「いや、むしろ時間ぴったりだ」

谷尾が腕時計を覗き込む。

「座って、とりあえずあったかいものでも飲みなよ」

竹内が姫川の隣を顎でしゃくった。

桂はマフラーを取って椅子に腰を下ろした。姫川の顔を見て、小さく笑う。

「谷尾さんと竹内さんに、元気づけてもらってたんじゃないんですか？」

「まあね」

「それにしては元気ないですね」

「そうでもないよ」

「余計なこと、もうあんまり考えないほうがいいですよ」

桂がテーブルの下でそっと片手を差し出した。見ると、掌に貼られた絆創膏の上に、あの月長石のネックレスが乗っている。

「また、しばらく貸します」

姫川だけに聞こえる声で、桂は言った。

姫川は手を伸ばし、石を受け取った。ずっと握っていたのか、それはとても温かかった。

「みんな初詣《はつもうで》に行くんだろうな、これ」

谷尾の言葉に、窓の外を見る。寒そうな笑顔が、白い息を吐きながらつぎつぎ行き過ぎていく。誰もが年の終わりを意識して浮き足立っているようだった。ガラスを一枚挟んでいるのに、ざわめきがはっきりと聞こえてきそうな風景だ。

日々は過ぎ、人々は祈り、また新しい一年がやってくる。時間の経過とともに、見たもの聞いたものの色彩は等し並みに薄らいでいく。ある日どこかで立ち往生し、振り返って背後を見たとき、飛び石のようにそこに残っているのは、いつだって過ちばかりだ。

二度と取り戻せない過ちばかりだ。

「外、歩きませんか？」

桂が言った。

姫川も谷尾も竹内も、無言でうなずいて腰を上げた。

「なあ、亮……じつはな」

人混みに紛れて大晦日《おおみそか》の街を歩きながら、谷尾が何か言いかけた。

「いや、やっぱり何でもねえ」

「何だ？」

「何でもねえよ」

「言えよ」

「何でもねえっての」

「言えって」

けっきょく、谷尾は言わなかった。しかし姫川は、彼が何を言おうとしたのかわかっていた。谷尾は――そして竹内も、姫川がひかりを殺したのではないかと疑っていたのだ。いま谷尾は、それを馬鹿正直に、本人に告白しようとしてくれたのだろう。

「……あ」

桂が歩道の端で立ち止まり、顔を上に向けた。

「鳴りはじめましたね」

遠くから、除夜の鐘が聞こえていた。姫川たちも立ち止まって夜空を見上げ、その音に耳を澄ます。深い空の向こうに、洗ったように真っ白な月が浮かんでいた。

「年賀状、いいかげん書かねえとな」

谷尾が呟く。

「お前、まだ書いてないのか」

竹内が空を見上げたまま言う。

「お前は書いたのかよ？」

「今日の夕方な」

「二人とも、同じようなもんじゃないですか」

「なあ桂ちゃん、見てよこれ」

竹内がコートの袖口を捲った。何だろう、掌の付け根あたりが黒くなっている。

「気取って筆ペンで年賀状書いてたらさ、こんなになっちゃったよ」

竹内の黒ずんだ肌を見て、桂がからかうように何か言った。竹内が言い返す。谷尾が笑って言葉を挿む。

しかし、三人の声は姫川の耳にはほとんど聞こえていなかった。

いま、ある一つの考えが、姫川の頭を不意に衝撃したのだ。

「姫川さん？」

桂が顔を向ける。谷尾と竹内も振り返る。

姫川は三人に向き直った。

「電話……一本かけてもいいか？」

自分の声が、どこか遠くで聞こえているようだった。

谷尾が苦笑する。

「いくらでもかけろよ。そんなのわざわざ断ることねえ」

姫川は三人のそばを離れた。携帯電話を取り出し、一つ一つ確かめるように、ゆっくりと番号を押していく。

『……姫川ですが』

耳元に、小さく母の声が届いた。

「教えて欲しいことがあるんだ」

前置きなしに切り出すと、母は戸惑うような息づかいを聞かせた。姫川は構わずつづける。

「二十三年前、母さんは、姉さんへのクリスマスプレゼントを描いたよね。姉さんの顔をしたサンタクロースの絵を」

電話機の向こうで、吐息が乱れた。返事を待たず、姫川は質問を口にした。

「母さんがあれを描いたのは――」

たったいま、姫川はわかったのだ。

大きな過ちに気がついたのだ。

二十三年前の過ち――そして、二十三年間にわたる過ちに。

「姉さんとの関係をやり直したかったからだったんだね？」

そう。母は、やり直すつもりだったのだ。それまで虐待をつづけていた姉との関係を、あの日を境にやり直すつもりだった。自らの手で描いたクリスマスプレゼントをきっかけに。

「母さん――」

長い沈黙があった。

やがて母の声が聞こえてきた。

『許してもらいたくて……』

その声は、すすり泣きのように、途切れ途切れだった。

『あの子に何度も……何度も何度もひどいことを……私はあの子に……』

「わかってる」

姫川は母の告白を遮った。

「わかってるんだ。いま、やっとわかったんだ。あの日から、母さんはこう思いつづけてきたんだ――姉さんは自分がやっていたことのせいで自殺したんだって」

不意に、母の嗚咽が姫川の耳に突き刺さった。

姫川は思わず目を閉じる。電話機を握る手が細かく震える。そうだったのだ。母は姉を殺してなどいなかった。それどころか母は、姉の死を自分の虐待による自殺だと思い込んできた。この二十三年間ずっと。

母が実の子供である姫川と心を通わせなくなったのは、姉を殺したことへの贖罪などではなく、姉を自殺に追い込んでしまったことへの贖罪だった。

しかし、母は間違っているのだ。姉が自殺であるはずがないのだ。姉は自分が虐待を受けている事実を把握していなかったのだから。哀しい心が現実を拒絶し、虐待の体験は奇妙な夢としてとらえられていたのだから。

そう、姉は——。

姉は本当に事故死だったのだ。

「母さん、もう一つ教えてくれ。思い出して欲しいんだ。あの日、姉さんの——」

電話機をしっかりと持ち直し、姫川はつづけた。

「姉さんの絵を描いたとき、母さんの袖口に赤い絵の具がついたんじゃないか？」

母の白いトレーナーの袖口に付着していたあの液体。姫川と父が目撃したあの染み。血の赤。サンタクロースの赤。

『袖口に……絵の具……』

嗚咽を繰り返しながらも、母は懸命に記憶をたどるように呟いた。

やがて母は姫川に、一つの答えを返した。それを耳にした瞬間、姫川の胸の中であらゆる感情が膨れ上がり、大きく渦巻いた。両目を閉じたまま、顎に力を込め、姫川は懸命に涙を堪えた。——母の返答は、やはり姫川の考えた通りのものだった。

あれは血痕などではなかったのだ。父は間違っていたのだ。勘違いをしていたのだ。

今回の出来事の中で、姫川はひかりの死を桂の犯罪だと思い込んだ。桂はそれを姫川の犯罪だと思い込んだ。野際は誰かが自分の罪を隠蔽してくれたのだと思い込んだ。そして、二十三年前――。

母は自分のせいで姉が自殺したと思い込んだ。

父は姉の事故死を母による犯罪だと思い込んだ。

「母さん……」

みんな、ラットマンを見ていたのだ。

「母さん、泣かないで……」

涙が溢れ、姫川は必死の思いで空を仰いだ。

「俺……母さん……」

何から説明すればいいのだろう。どんなふうに話せばいいのだろう。過ちとは何だ。誰がそれを裁けるのだ。何を願い、どんな代償を支払えば、人は過ちを犯さずに生きていけるのか。もし間違いに足を踏み入れそうになったとき、いったい何を祈れば立ち止まれるのか。過ちと正しさが、そっくり同じ顔をしているのであれば、誰がそれを見分けられるというのだ。

取り戻せないのだろうか。人は、何も取り戻せないのだろうか。

電話機の向こうから、母の声が姫川の名前を呼んでいた。

# 解説

## 違和感の正体

大沢在昌《おおさわありまさ》
（作家）

この十年のあいだにデビューした小説家の中で、最も多くの作品を私が読んだのは、道尾秀介だ。にもかかわらず、道尾秀介の作品を読むとき、その語りの巧みさにのせられながらも、ある違和感を私はもたずにいられない。

それはむろん、作品に対する違和感ではない。

描かれている世界、人間関係や会話、それぞれの行動に違和感を抱けば、小説、ことにミステリに入りこむことなどできない。ミステリは、物語から一瞬でも読み手の心を乖離させるスキを与えたら、そこで終わる。書き手の敗北である。道尾秀介の書く小説にそんなスキはない。であるからこそ、彼は多くの読者の心をつかみ、作品が数々の文学賞を含め、高く評価されている。

書き手としての道尾秀介がもつ力に疑問はない。導入から、鮮やかな反転を決める結末まで、物語は緻密な計算のもとに練り上げられている。であるのに、計算をまるで感じさせない、滑らかな筆運びで物語を進めていく。

つまりこれは、計算はあるものの、決して設計図にしたがって組みあげられた小説ではない、ということだ。

ミステリの書き手の中には、綿密な設計図を作り、それに従って物語を書いていく、という人がいる。どのパートで何を描写するかをあらかじめ決め、過不足のない情報伝達を心がけ、パートをひとつひとつ組みあわせていくことで、一篇の物語として完成させる手法だ。完成後もブラッシュアップを施し、矛盾を削り、本として商品化されたときには、まるで精巧な寄せ木細工のような魅力を放っている。だが、実のところ私がそうした作品に感動を覚えることは少ない。作者の着想と努力には頭が下がるが、それ以上の何かを与えられることはない。

よくできているな、とは思っても、よい物語だったな、とは決して感じない。

道尾秀介は計算をする、あるいは設計図面もそれなりにひいて執筆にかかるかもしれない。だが、語ることをただの情報伝達とはしない。読者を驚かせたり、不意に立ちあがる鮮やかな伏線といったミステリの機能に縛られてはいない。むろんそれも、彼が書く目的のひとつではあるだろうが、もっと根源的なもの、書かずにはいられない、彼の中の何かが、物語る力になっている、と私は思う。

巧妙に配置された伏線と、結末の反転は、道尾作品の魅力ではある。しかし主では決してない。あるときから、道尾秀介は、設計図をはみでる描写をいとわない。情報の伝達よりも描くことに重きをおく。言葉遊びのようだが、騙る作業より語る情動に身を任せる。

であるからこそ、私は道尾秀介の作品に魅きつけられる。そこには、計算の巧みな工作家ではなく、感受性豊かな小説家の姿がある。

では私が抱く違和感の正体は何なのか。

それは、登場人物の〝体温〟だ。

先に書いてしまう。私は熱い登場人物を描かずにはいられない。何かを追う、あるいは逃れる、そこに生きる意味をかけた人物たちを描かなければ、小説を書いたという実感を得られない。

ミステリは、非日常の物語である。大小はともかく、非日常的な事件の発生が大前提にある。かかわる者たちは、望もうが望むまいが、各々の境遇に対し強い意識をもっている。

であるからこそ、心がぶつかり、ときに肉体がぶつかりあう興奮が物語に生まれる。冷めきった、そこにいる理由を読者に感じさせられない人物は物語には不要である。背景の一部として、通行人その一のように登場するならかまわない。生きる理由、存在する意味を感じられない人は、現実社会には、不幸ではあるが存在する。だがそういう人と、小説中の冷めた人間とはちがう。

何が起きてもどうでもいい、自分には関係ない、というような人間が登場人物にいれば、その心に変化を生じさせるのが小説だ、と私は信じている。最初から最後まで、存在に自覚的でない人間が現れる小説を、私は読みたくない。

道尾秀介の小説に登場する人間に、私が好む〝熱さ〟はない。といって、冷めてもいない。たとえば、本作の主人公、姫川亮は、姉の死という過去にとらわれながらも、決して実人生に背を向けるほどうしろ向きの人間ではない。闇雲な何かをせずにはいられないときもありながら、行為に迷いは感じない。なのにそこに熱さがない。

淡々としている、というのとは異る。行動に自覚的で、はっきりした目的意識をもちながらも、ある一種の一所懸命さというか、がむしゃらさが、彼にはない。本来そういう人物は他者に興味を抱かないものだが、姫川亮がそうではない人物であることは、本書をお読みの方にはわかるだろう。

つまり〝平熱〟ともいうべき体温なのである。

道尾秀介の描く人物たちは、〝平熱〟のまま、事件に遭遇し、物語の中を生きていて、それが決して不自然ではないのだ。

これはいったい何なのだろう。人が死ねば傷つき、怒り、その行為者や動機を強く知りたいと願い、体温を高めるのが、私が考える小説の登場人物たちだった。

なのに道尾作品の登場人物はそうではない。運命に抗わないわけでは決してない。より良い人生を歩みたいという願いは、ほぼすべての登場人物が抱いていて、共感する部分はたくさんある。

彼らは大きく世界を変えようとは思っていない。いや、大きな世界と自分とその周囲が生きる世界との差異に、ひどく自覚的なのだ。

変えられるものと変えられないものの境界をはっきり知っている、そんな気がする。変えられるものを変え、その勢いで変えられないものまで変えてやるぞと意気込んでしまう、ドン・キホーテ的な勢いが私の登場人物にはあるとすれば、道尾秀介が描く人物には、それがないのだ。

これは等身大の人物描写というのとはちがう。

ただひとつはっきりしているのは、彼が描く人々のほうが、私が描くそれより、現在においてリアルだ、ということだ。

そこに強引な理由をつけるなら、やはり年齢差だろうか。二十年のへだたりが、彼と私のあいだにはある。さらに強引を述べれば、彼が見た大人の多くは、バブル崩壊後の〝熱さ〟を失った人々だ。この二十年という時間の中で、道尾秀介個人ではなく、社会にあった変動に理由を探すとすれば、だが。

暴論であることは承知している。道尾秀介の描く人物に抱く違和感を、まるで感じない人がいて、その人たちは道尾秀介に年齢が近い。

いいたいのは世代論ではない。そんなものは、彼と私が酒場にいるときに語り合えば良い。

道尾秀介は決して若者ではない。話していて幼さを感じたことなど一度もない。私が彼の年齢のとき、彼ほど冷静に自分と周囲を見る力はなかった。

たぶん、道尾秀介は、日本のある年代の人々をごく自然に描いていて、しかしそれが確かな日本人の変質を表しているのだ。

道尾秀介にその自覚はある。

彼の話で忘れられないものがある。デビューしてわずか五年目の彼とトークショウをしたときだ。一生、小説家をつづけられると思うか、と訊ねると、こう答えたのだ。

「つづけられると思います。なぜかというと、以前自分が営業マンをしたときの経験ですが、同じ営業所に、どうしても成績で勝てない人がいた。失礼ながら、それほど弁が立つわけでもない。外見がとりたててよいわけでもない。なのに自分（道尾）がどうがんばっても、彼の成績を超えられない。なぜだろうと考え、気づいたことがあった。それは、その人が営業の仕事を、好きで好きでたまらなかったんです。僕も決して仕事を嫌いではなかったけれど、彼ほどは好きではない、と思った。

ひるがえって、僕は、自分の小説が好きなんです。書くことが好きで好きでたまらない。だから、一生、小説家をつづけられると信じています」

「やるなぁ」

というのが私の感想だった。ちょいとではあるが感動もした。

『ラットマン』は、これまでに読んだ道尾作品の中で、私が一番好きな小説だ。そこでこうして解説を書かせていただくことになった。

理屈にもならない理屈をこねたのは、道尾秀介がもち、私のもたない何かを考えたかったからだ。といって、私にないものをもっているから、道尾秀介作品を追っている、というのとは、もちろんちがう。

優れた小説を読みたいから、私は彼の作品を読んでいる。それは、私が小説家であることとは何の関係もない。

二〇〇八年一月　光文社刊

光文社文庫

# ラットマン

著者　道《みち》尾《お》秀《しゅう》介《すけ》

2010年7月20日　初版1刷発行
2024年8月25日　15刷発行

発行者　三宅貴久
印刷　萩原印刷
製本　ナショナル製本

発行所　株式会社 光文社
〒112-8011　東京都文京区音羽1-16-6
電話 (03)5395-8149　編集部
8116　書籍販売部
8125　制作部


ISBN978-4-334-74807-4　Printed in Japan



JASRAC　出1007408-415　　組版　萩原印刷